# BUKOWSKI

# BUKOWSKI

# A sinfonia do vagabundo

Tradução
Bruna Barros

Rio de Janeiro, 2024

Publicado mediante acordo com a Ecco, um selo da HarperCollins Publishers.
Título original: *Hot Water Music*



Publisher: *Samuel Coto*
Editora executiva: *Alice Mello*
Editora: *Lara Berruezo*
Editoras assistentes: *Anna Clara Gonçalves e Camila Carneiro*
Assistência editorial: *Yasmin Montebello*
Copidesque: *Thaís Lima*
Revisão: *Rachel Rimas e Suelen Lopes*
Design de capa: *Flávia Castanheira*
Ilustração de capa: *Fabio Zimbres*
Diagramação: *Abreu's System*

Dados Internacionais de Catalogação na Publicação (CIP)
(Câmara Brasileira do Livro, SP, Brasil)

Bukowski, Charles, 1920-1994
A sinfonia do vagabundo / Charles Bukowski ; tradução Bruna Barros. – Rio de Janeiro : HarperCollins Brasil, 2024.

Título original: Hot Water Music.
ISBN 978-65-6005-136-2

1. Contos norte-americanos I. Título.

23-184166 CDD-813

Índices para catálogo sistemático:
1. Contos : Literatura norte-americana 813

Tábata Alves da Silva – Bibliotecária – CRB-8/9253


Rua da Quitanda, 86, sala 601A – Centro
Rio de Janeiro, RJ – CEP 20091-005
Tel.: (21) 3175-1030
www.harpercollins.com.br

*para Michael Montfort*

# Sumário

# menos delicado que gafanhotos

— Que saco — disse ele. — Tô cansado de pintar. Vamos sair. Tô cansado desse fedor de óleo, cansado de ser bom. Cansado de querer morrer. Vamos sair.

— Sair pra onde? — perguntou ela.

— Qualquer lugar. Comer, beber, olhar.

— Jorg — disse ela —, o que eu vou fazer quando você morrer?

— Você vai comer, dormir, foder, mijar, cagar, se vestir, andar por aí e reclamar.

— Preciso de segurança.

— Todo mundo precisa.

— Quer dizer, a gente não é casado. Eu não vou nem poder receber pensão.

— Tudo bem, não esquente com isso. Além do mais, você nem acredita em casamento, Arlene.

Arlene estava sentada na poltrona rosa lendo o jornal da tarde.

— Você diz que cinco mil mulheres querem dormir com você. Onde é que eu fico nessa?

— Você é a cinco mil e um.

— Você acha que eu não consigo arranjar outro homem?

— Não, você não tem problema com isso. Consegue arranjar outro homem em três minutos.

— Você acha que eu preciso de um grande pintor?

— Não precisa, não. Um bom encanador já daria conta.

— Sim, contanto que ele me amasse.

— Claro. Bote o casaco. Vamos sair.

Eles desceram as escadas para o pavimento inferior. Ao redor, quartos baratos e empesteados de baratas, mas ninguém parecia passar fome: a impressão é que estavam sempre cozinhando em grandes panelas e sentados pelos cantos, fumando, limpando as unhas, bebendo latas de cerveja ou partilhando uma grande garrafa azul de vinho branco, gritando uns com os outros ou gargalhando, peidando, arrotando, se coçando, dormindo na frente da TV. Pouca gente no mundo tinha muito dinheiro, mas quanto menos dinheiro melhor pareciam viver. Sono, lençóis limpos, comida, bebida e pomada pra hemorroida eram suas únicas necessidades. E todos sempre deixavam as portas meio abertas.

— Imbecis — disse Jorg, enquanto desciam —, desperdiçam as próprias vidas e bagunçam a minha.

— Ah, Jorg. — Suspirou Arlene. — Você só não *gosta* de gente, né?

Jorg arqueou uma sobrancelha para ela, não respondeu. A reação de Arlene aos sentimentos dele pelo povo era sempre a mesma — como se não amar o povo fosse uma falha imperdoável da alma. Mas ela trepava muito bem e era — quase sempre — agradável de se ter por perto.

Chegaram na avenida e foram andando, Jorg de barba vermelha e branca, dentes tortos amarelos e bafo de bode, orelhas roxas, olhos assustados, o sobretudo fedido e rasgado e a bengala de marfim branco. Quanto pior ele se sentia, melhor ele se sentia.

— Merda — disse. — Tudo caga até morrer.

Arlene balançava a bunda sem nem tentar disfarçar e Jorg batia na calçada com a bengala, e até o sol olhava para baixo e dizia "Ho, ho". Finalmente chegaram ao prédio antigo e xexelento onde Serge morava. Jorg e Serge pintavam há muitos anos, mas só recentemente começaram a vender as obras por mais que uma merreca. Passaram fome juntos e agora ganhavam fama separados. Jorg e Arlene entraram no hotel e começaram a subir as escadas. Os corredores cheiravam a iodo e frango frito. Alguém estava trepando alto sem cerimônia em um dos quartos. Subiram até o apartamento de cima e Arlene bateu na porta. Quando a porta abriu, lá estava Serge.

— Te achei! — disse ele, e corou. — Ah, desculpe... podem entrar.

— Que porra foi essa? — perguntou Jorg.

— Senta aí. Pensei que era Lila...

— Você brinca de esconde-esconde com Lila?

— Não é nada de mais.

— Serge, você tem que se livrar dessa menina, ela está destruindo sua mente.

— Ela aponta meus lápis.

— Serge, ela é muito nova pra você.

— Ela tem trinta anos.

— E você tem sessenta. São trinta anos.

— Trinta anos é demais?

— Óbvio.

— E vinte? — perguntou Serge, olhando pra Arlene.

— Vinte anos é aceitável. Trinta anos é baixaria.

— Por que os dois não arranjam mulheres da mesma idade? — perguntou Arlene.

Ambos olharam para ela.

— Ela gosta de fazer graça — disse Jorg.

— Sim — concordou Serge. — Engraçadinha. Vem cá, olha, vou mostrar o que estou fazendo...

Arlene e Jorg o seguiram até o quarto. Ele tirou os sapatos e se deitou na cama.

— Entenderam? Com todo o conforto.

Serge tinha pincéis com cabos longos e pintava uma tela presa ao teto.

— As costas. Não consigo pintar nem por dez minutos. Mas desse jeito pinto por horas.

— Quem mistura suas tintas?

— Lila. Eu digo a ela: "Coloque no azul. Agora um pouquinho de verde". Ela é muito boa nisso. Qualquer dia desses, entrego os pincéis pra ela também, aí vou só ficar deitado lendo revista.

Então ouviram Lila subindo as escadas. Ela abriu a porta, cruzou a sala e entrou no quarto.

— E aí — disse ela. — Tô vendo que o velho tá pintando.

— É — respondeu Jorg. — Ele falou que você machucou as costas dele.

— Não falei nada.

— Vamos sair pra comer — sugeriu Arlene.

Serge grunhiu e se levantou.

— Juro por Deus — disse Lila. — Ele só vive deitado, que nem um sapo doente.

— Preciso de uma bebida — declarou Serge. — Vou me recuperar.

Desceram a rua juntos na direção do The Sheep's Tick. Dois jovens de vinte e poucos anos correram até eles. Ambos de suéteres de gola rulê.

— Ei, vocês são os pintores, Jorg Swenson e Serge Maro!

— Sai da porra da minha frente! — disse Serge.

Jorg sacudiu a bengala de marfim. Atingiu o jovem mais baixo bem no joelho.

— Porra — xingou o jovem —, você quebrou minha perna!

— Tomara — disse Jorg. — Vai que agora você cria modos!

E se dirigiram para o The Sheep's Tick. Quando entraram, um burburinho começou entre os presentes no estabelecimento. O garçom veio correndo, curvou-se e entregou cardápios, distribuindo gentilezas em italiano, francês e russo.

— Olha aquele cabelo comprido na narina dele — disse Serge. — Que nojeira!

— Sim — falou Jorg, e gritou para o garçom: — *Esconde esse nariz!*

— Cinco garrafas do seu melhor vinho! — gritou Serge, quando se sentaram à melhor mesa.

O garçom sumiu.

— Vocês são dois cuzões — disse Lila.

Jorg subiu a mão pela perna dela.

— Duas lendas vivas têm direito a cometer gafes.

— Tira a mão da minha buceta, Jorg.

— A buceta não é sua. É de Serge.

— Tira a mão da buceta de Serge ou vou gritar.

— Tenho a cabeça fraca.

Ela gritou. Jorg tirou a mão. O garçom chefe veio até eles com um balde de vinho gelado no carrinho. Ele se ajeitou, se curvou, tirou uma rolha e encheu a taça de Jorg. Jorg observou a taça.

— Uma porcaria, mas tudo bem. Abra as garrafas.

— Todas?

— Todas, otário, e abra *agora*!

— Ele é desastrado — comentou Serge. — Olha pra ele. Vamos jantar?

— Jantar? — disse Arlene. — Vocês só vivem bebendo. Acho que nunca vi nenhum dos dois comendo nada além de um ovo mole.

— Sai da minha frente, covarde — falou Serge ao garçom.

O garçom sumiu.

— Vocês não deviam falar assim com as pessoas — disse Lila.

— Já pagamos nossas dívidas.

— Vocês não têm esse direito — insistiu Lila.

— Acho que não — disse Jorg —, mas é interessante.

— As pessoas não têm que aguentar essa merda — rebateu Lila.

— As pessoas aceitam o que querem — disse Jorg. — Aceitam coisa muito pior.

— Eles só querem seus quadros, só isso — disse Arlene.

— *Nós somos* os nossos quadros — respondeu Serge.

— Mulheres são estúpidas — afirmou Jorg.

— Cuidado — disse Serge. — Elas também são capazes de atos terríveis de vingança...

Passaram algumas horas bebendo o vinho.

— O homem é menos delicado que o gafanhoto.

— O homem é o esgoto do universo — disse Serge.

— Vocês são mesmo dois cuzões — falou Lila.

— Com certeza — concordou Arlene.

— Vamos trocar hoje — sugeriu Jorg. — Eu fodo sua buceta e você fode a minha.

— Ah, não — disse Arlene. — Não vai ter nada disso.

— Não mesmo — confirmou Lila.

— Queria pintar agora — disse Jorg. — Cansei de beber.

— Queria pintar também — comentou Serge.

— Vamos sair daqui — falou Jorg.

— Peraí — disse Lila. — Vocês não pagaram a conta ainda.

— *Conta?* — gritou Serge. — *Você acha que a gente vai pagar por essa birita de merda?*

— Vamos embora — disse Jorg.

Quando se levantaram, o garçom veio com a conta.

— *Essa birita é podre!* — gritou Serge, pulando pra cima e pra baixo. — *Eu nunca pediria pra ninguém pagar por uma merda dessa! E saiba que a prova disso tá no mijo!*

Serge pegou uma garrafa pela metade do vinho, rasgou a camisa do garçom e derramou o vinho no peito dele. Jorg empunhou a bengala de marfim como uma espada. O garçom parecia confuso. Era um jovem belo com unhas longas e um apartamento caro. Era estudante de Química e tinha ganhado o prêmio de segundo lugar numa competição de ópera. Jorg brandiu a bengala e golpeou o garçom com força logo abaixo da orelha esquerda. O garçom ficou muito pálido e cambaleou. Jorg deu mais três golpes no mesmo lugar e o jovem caiu.

Saíram do estabelecimento juntos, Serge, Jorg, Lila e Arlene. Estavam todos bêbados, mas tinham uma aura de pomposidade, algo de único. Cruzaram a porta e desceram a rua.

Um jovem casal sentado a uma mesa perto da porta tinha assistido ao desenrolar da situação. O rapaz parecia inteligente, mas uma verruga perto da ponta do nariz quebrava o efeito. A moça era gorda, mas adorável em seu vestido azul-escuro. No passado, quisera ser freira.

— Que magníficos, né? – perguntou o rapaz.

— Que cuzões — disse a moça.

O rapaz acenou, pedindo uma terceira garrafa de vinho. Seria outra noite difícil.

# grite enquanto queimar

Henry serviu uma bebida e olhou pela janela, para a nua e quente rua de Hollywood. Meu Deus, já tinha sido um suplício até então, e ele ainda estava encurralado. A morte estava sempre próxima, sempre ali na esquina. Ele cometeu um erro idiota e comprou um jornal alternativo, em que ainda idolatravam Lenny Bruce. Havia uma foto dele, morto, logo depois da overdose. Beleza, Lenny era engraçado às vezes: "Não consigo gozar!" — essa parte era ótima, mas Lenny não tinha sido um cara legal. Perseguido, beleza, com certeza, física e espiritualmente. Bom, no fim todo mundo morre, é questão de matemática. Nada de novo. A espera é que era um problema. O telefone tocou. Era a namorada de Henry.

— Escuta aqui, seu filho da puta, tô cansada da sua bebedeira. Já basta o que passei com meu pai...

— Que inferno, não é tão ruim assim.

— É, sim, e eu não vou passar por isso de novo.

— Vou te falar, cê tá fazendo tempestade em copo d'água.

— Não, pra mim chega, tô avisando, já chega. Vi você na festa, pedindo mais uísque, foi aí que eu fui embora. Já chega, não vou mais aguentar isso...

Ela desligou. Ele serviu uísque e água. Entrou no quarto com o copo na mão, tirou camisa, calça, sapato e meia. De samba-canção, foi pra cama com a bebida. Faltavam quinze minutos para meio-dia. Sem ambição, sem talento, sem chance. O que o mantinha mais ou menos na linha era pura sorte, e sorte não durava. Bem, era uma pena o acontecido com Lu, mas Lu queria um vencedor. Ele esvaziou o copo e se esticou. Pegou o *Cartas a um amigo alemão*, de Camus... leu umas páginas. Camus falava de angústia e terror e da condição miserável do Homem, mas falava de um jeito tão polido e floreado... a linguagem... dava a sensação de que as coisas não afetavam o cara *nem* a escrita dele. Em outras palavras, as coisas podiam muito bem estar boas. Camus escrevia como um homem que tinha acabado de comer um prato de bife com batata frita e salada e arrematado a refeição com uma garrafa de um bom vinho francês. A humanidade podia até estar sofrendo, ele, não. Um homem sábio, talvez, mas Henry preferia alguém que gritasse enquanto queimava. Ele largou o livro no chão e tentou dormir. O sono era sempre difícil. Se ele conseguisse dormir três horas das vinte e quatro do dia, ficava satisfeito. *Bem*, pensou ele, *as paredes ainda estão aqui, dê quatro paredes a um homem e ele vai ter uma chance. Na rua é que não dá pra fazer nada.*

A campainha tocou.

— Hank! — gritou alguém. — Ei, Hank!

*Que merda é essa?*, pensou ele. O *que é agora?*

— Sim? — perguntou ele, deitado de samba-canção.

— Ei! Tá fazendo o quê?

— Espera aí...

Ele se levantou, catou a camisa e a calça e foi para a sala.

— Tá fazendo o quê?

— Me vestindo...

— Se vestindo?

— Sim.

Era meio-dia e dez. Ele abriu a porta. Era o professor de Pasadena que lecionava literatura inglesa. Estava com uma pupila. O professor apresentou a mulher. Ela era editora de um dos grandes grupos editoriais de Nova York.

— Ah, delicinha — disse ele. Foi até a mulher e apertou a coxa direita dela. — Eu te amo.

— Você é rápido — comentou ela.

— Bom, você sabe que escritores precisam puxar o saco de editoras.

— Achava que era o contrário.

— Não. É o escritor que passa fome.

— Ela quer ver seu romance — disse o professor.

— Só tenho um de capa dura — argumentou Henry. — Não posso dar pra ela.

— Deixa ela ficar com um. Talvez eles comprem.

Estavam falando do romance dele, *Pesadelo*. Henry achava que ela só queria uma exemplar grátis do romance.

— Estávamos a caminho de Del Mar, mas Pat queria te ver pessoalmente — prosseguiu o professor.

— Que gentil.

— Hank leu os poemas dele pra minha turma — explicou o professor a Pat. — Pagamos cinquenta dólares. Ele estava assustado e chorando. Tive que tirar ele da sala na frente da minha turma.

— Eu estava indignado — disse Henry. — Só cinquenta dólares. Auden recebia dois mil. Eu não acho que ele é tão melhor do que eu. Na verdade...

— Sim, sabemos o que você acha.

Henry juntou os antigos Catálogos de Corrida perto dos pés da editora.

— Esse pessoal me deve mil e cem dólares. Não posso receber. As revistas de sexo ficaram impossíveis. Acabei conhecendo a moça do escritório deles. Uma tal de Clara. "Oi, Clara", digo no telefone, "foi legal seu café da manhã?" "Ah, sim, Hank, e o seu?" "Sim", digo a ela, "comi dois ovos cozidos." "Sei por que você está ligando", responde ela. "Óbvio", digo a ela, "é o mesmo de sempre." "Bem, está bem aqui, nossa ordem de pagamento nº 984765, no valor de oitenta e cinco dólares." "Tem outra também, Clara, a ordem de pagamento nº 973895 por cinco histórias, no valor de quinhentos e setenta dólares." "Ah, sim, vou tentar pegar a assinatura do sr. Masters pra essas duas." "Obrigado, Clara", digo. "Ah, tudo bem", responde ela, "vocês merecem o dinheiro de vocês." "Com certeza", digo. E aí ela fala: "E se você não receber seu dinheiro você liga de novo, né? Hahaha". "Sim, Clara", digo a ela, "ligo de novo."

O professor e a editora riram.

— Não consigo, puta merda! Alguém quer uma bebida?

Não responderam, então Henry serviu uma para si.

— Tentei até conseguir algo apostando em cavalos. Comecei bem, mas depois deu errado. Tive que parar. Só posso me dar o luxo de vencer.

O professor começou a explicar o sistema que tinha para ganhar no vinte e um em Vegas. Henry foi até a editora.

— Vem pra cama comigo — pediu ele.

— Você é engraçado — disse ela.

— Sim, que nem Lenny Bruce. Quase. Ele está morto e eu morrendo.

— Você continua engraçado.

— Sim, eu sou o herói. O mito. O cara que não se estragou, que não se vendeu. Leiloam minhas cartas por duzentos e cinquenta dólares lá no leste. E eu não consigo comprar nem um saco de merda.

— Vocês, escritores, sempre chorando de barriga cheia.

— Talvez a barriga esteja vazia. Não dá pra viver de alma. Não dá pra pagar o aluguel com a alma. Tenta pra você ver.

— Talvez eu tenha que ir pra cama com você — disse ela.

— Vamos, Pat — chamou o professor, se levantando. — Precisamos chegar em Del Mar.

Foram até a porta.

— Foi bom te ver.

— Certo — disse Henry.

— Você vai conseguir.

— Certo — repetiu ele. — Tchau.

Ele voltou para o quarto, tirou a roupa e se deitou na cama. Talvez pudesse dormir. Dormir parecia com morrer. Então dormiu. Estava na pista. O homem na janela estava lhe entregando dinheiro e ele estava guardando na carteira. Um monte de dinheiro.

— Você precisa de uma carteira nova — disse o homem —, essa tá rasgada.

— Não — retrucou ele —, não quero que saibam que eu sou rico.

A campainha tocou.

— Ei, Hank! Hank!

— Tá bom, tá bom... espera aí...

Ele se vestiu de novo e abriu a porta. Era Harry Stobbs. Stobbs era mais um escritor. Ele conhecia escritores demais.

Stobbs entrou.

— Você tem algum dinheiro, Stobbs?

— Que nada.

— Tá bom, vou comprar a cerveja. Achava que você estava rico.

— Não, tava morando com essa menina de Malibu. Ela me vestia bem, me alimentava. Me deu um pé na bunda. Tô vivendo num chuveiro agora.

— Num chuveiro?

— Sim, é legal. Com box de vidro.

— Tá bom, vamos lá. Você tem carro?

— Não.

— Vamos no meu.

Entraram no Comet 1962 e subiram a rua em direção a Hollywood e Normandy.

— Vendi um artigo pra *Time*. Cara, achei que ia ser uma bufunfa. Recebi o cheque hoje. Não compensei ainda. Chuta o valor? — disse Stobbs.

— Oitocentos dólares?

— Não, cento e sessenta e cinco.

— O quê? A revista *Time*? Cento e sessenta e cinco dólares?

— Isso aí.

Estacionaram e entraram numa lojinha pra comprar cerveja.

— Minha mulher me largou — contou Henry a Stobbs. — Ela diz que eu bebo demais. Mentira deslavada. — Ele abriu o freezer e pegou dois engradados de seis cervejas. — Eu tô bebendo menos. Festa horrível ontem. Cheia de escritor passando fome, de professor quase desempregado. Só conversa fiada. Muito cansativo.

— Escritores são putas — disse Stobbs —, escritores são as putas do universo.

— As putas do universo se dão bem melhor, meu amigo.

Caminharam até o caixa.

— "Wings of Sounds"* — disse o dono da loja.

— "Wings of Sounds" — confirmou Henry.

O dono havia lido um artigo do *L.A. Times* um ano antes sobre a poesia de Henry e nunca mais esqueceu. Era a tradição de

* "On Wings of Sound" é a tradução nos Estados Unidos para um poema do alemão Heinrich Heine de 1827, transformado em música por Mendelssohn em 1837. [*N.E.*]

"On Wings of Sounds". Ele costumava odiar, mas agora achava engraçado. "On Wings of Sounds", por Deus.

Entraram no carro e dirigiram de volta pra casa. O carteiro havia aparecido. Tinha alguma coisa na caixa de correio.

— Talvez seja um cheque — disse Henry.

Ele levou a carta pra dentro. Abriu duas cervejas e a carta, que dizia:

"Querido sr. Chinaski, acabei de ler seu romance, *Pesadelo,* e seu livro de poemas, *Retratos do inferno*, e acho o senhor um grande escritor. Sou uma mulher casada de cinquenta anos de idade e meus filhos já estão crescidos. Gostaria muito de ter notícias suas. Respeitosamente, Doris Anderson."

A carta vinha de uma cidadezinha no Maine.

— Não sabia que ainda tinha gente vivendo no Maine — comentou ele com Stobbs.

— Acho que não tem — disse Stobbs.

— Tem, sim. Tem essa aqui.

Henry jogou a carta no saco de lixo. A cerveja estava boa. As enfermeiras voltavam para o edifício alto do outro lado da rua. Muitas enfermeiras moravam lá. A maioria vestia uniformes transparentes e o sol da tarde fazia o resto do trabalho. Ele e Stobbs ficaram ali, observando-as; desciam dos carros e atravessavam a porta de vidro da entrada, desaparecendo em direção a seus chuveiros, suas televisões e suas portas fechadas.

— Olha aquela ali — disse Stobbs.

— Aham.

— Tem mais outra.

— Meu deus.

*Estamos agindo como adolescentes de quinze anos*, pensou Henry. *Não merecemos viver. Aposto que Camus nunca ficou espiando em janela nenhuma.*

— Como é que você vai se virar, Stobbs?

— Bom, contanto que eu tenha aquele chuveiro, já tô feito.

— Por que você não arranja um emprego?

— Emprego? Não vem com esse papo de maluco.

— Acho que você tá certo.

— Olha aquela ali! Olha aquela bunda!

— É mesmo.

Sentaram-se e beberam cerveja.

— Mason — disse Henry a Stobbs, mencionando um jovem poeta ainda não publicado — foi morar no México. Ele caça carne com arco e flecha, pesca peixe. Tem uma esposa e uma empregadinha. Tem uns quatro livros por aí. Escreveu até um faroeste. O problema de sair do país é que fica quase impossível receber seu dinheiro. O único jeito de receber seu dinheiro é ameaçando eles de morte. Sou bom nessas cartas. Mas se você tá a mil quilômetros de distância, eles já sabem que você vai dar uma esfriada antes de chegar na porta deles. Mas gosto da ideia de caçar a própria carne. Melhor que ir ao mercadinho. É só fingir que os animais são o pessoal da editora. É ótimo.

Stobbs ficou ali até umas cinco. Reclamaram da escrita, de como os caras mais fodas eram péssimos. Caras como Mailer, caras como Capote. Então Stobbs foi embora e Henry tirou a camisa, a calça, os sapatos e as meias e voltou para a cama. O telefone tocou. Estava no chão, perto da cama. Ele estendeu o braço e atendeu. Era Lu.

— Tá fazendo o quê? Escrevendo?

— Eu mal escrevo.

— Tá bebendo?

— Tô diminuindo.

— Acho que você tá precisando de uma enfermeira.

— Vamos lá no hipódromo hoje.

— Certo. Que horas você chega?

— Seis e meia tá bom?

— Seis e meia tá bom.

— Então tchau.

Henry se espreguiçou na cama. Bom, voltar com Lu era bom. Ela lhe fazia bem. E estava certa, ele bebia demais. Se Lu bebesse como ele bebia, Henry não ia querer nada com ela. Seja justo, cara, seja justo. Olha o que aconteceu com Hemingway, sempre sentado com um drinque na mão. Olha pra Faulkner, olha todos eles. Ah, merda.

O telefone tocou de novo. Ele atendeu.

— Chinaski?

— Sim?

Era a poeta, Janessa Teel. Tinha um corpo legal, mas ele nunca tinha transado com ela.

— Gostaria que você viesse jantar aqui amanhã.

— Estou ficando sério com a Lu — disse ele.

*Meu deus*, pensou ele, *sou fiel. Meu deus,* pensou ele, *sou um cara legal. Meu deus.*

— Traga ela também.

— Você acha que isso vai dar certo?

— Tudo bem por mim.

— Olha só, eu te ligo amanhã. E te aviso.

Ele desligou e se espreguiçou de novo.

*Durante trinta anos*, pensou ele, *eu quis ser um escritor, e agora sou um escritor e o que isso significa?*

O telefone tocou de novo. Era Doug Eshlesham, o poeta.

— Hank, querido...

— E aí, Doug?

— Tô duro, querido, precisando de cinco conto. Me dá cincão.

— Doug, os cavalos acabaram comigo. Tô completamente liso.

— Ah — disse Doug.

— Desculpa, querido.

— Ah, tudo bem.

Doug desligou. O poeta já devia quinze a ele. Mas cincão ele tinha. Devia ter dado para Doug, que devia estar comendo ração de cachorro. *Não sou um cara muito legal*, pensou ele. *Meu deus, não sou um cara legal no fim das contas.*

Ele se espreguiçou na cama, pleno, em toda a sua inglória.

# dois gigolôs

Ser gigolô é uma experiência muito estranha, principalmente se você não é gigolô profissional. A casa tinha dois andares. Comstock morava com Lynne no andar de cima. Eu morava com Doreen no andar de baixo. A casa ficava numa linda paisagem no início de Hollywood Hills. As patroas eram executivas com empregos muito bem pagos. A casa tinha um bom vinho, comida boa e um cachorro esfarrapado. Havia também uma empregada gorda negra, Retha, que passava a maior parte do tempo na cozinha, abrindo e fechando a porta da geladeira.

Todos os meses, as revistas certas chegavam na hora marcada, mas Comstock e eu não as líamos. Só ficávamos jogados, de ressaca, esperando a noite, quando as patroas nos levavam para jantar e beber por conta delas.

Comstock dizia que Lynne era uma produtora de filmes muito bem-sucedida de um grande estúdio. Comstock usava boina, lenço de seda, um colar turquesa, barba e andava deslizando. Eu era um escritor emperrado no meu segundo livro. Tinha meu próprio canto — em um prédio acabado na parte leste de Hollywood —, mas mal ficava lá.

Meu transporte era um Comet 1962. A moça que morava do outro lado da rua se ofendia muito com meu carro velho. Eu tinha que estacionar na frente da casa dela, porque era uma das poucas partes planas do bairro e meu carro não dava partida em ladeira. Mal dava partida no plano, e eu ficava lá, pisando no acelerador e dando partida. O carro soltava fumaça e fazia um barulho irritante e contínuo. A moça gritava como se estivesse enlouquecendo. Era uma das poucas coisas que me davam vergonha de ser pobre. Eu sentava, pisava e rezava pro Comet 1962 pegar, tentando ignorar os urros de fúria que vinham do casarão caro dela. Pisava e pisava, o carro pegava, andava um pouquinho, parava de novo.

— *Tira esse trambolho fedorento da frente da minha casa ou vou chamar a polícia!*

Depois os berros enlouquecidos. Aí ela saía da casa vestindo um quimono — uma jovem loira e linda, mas, ao que parecia, completamente doida. Ela corria até a porta do carro gritando e um dos peitos saltava pra fora da roupa. Ela devolvia o peito para a roupa e o outro pulava fora. A perna escapava também, pela fenda do quimono.

— Moça, por favor — dizia a ela —, eu tô tentando.

Quando eu finalmente conseguia botar o carro para andar, ela parava no meio da rua com os dois peitos de fora e gritava:

— *Nunca mais estacione seu carro aqui, nunca, nunca, nunca!*

Era nesses momentos que eu considerava procurar um emprego.

Mas minha patroa, Doreen, precisava de mim. Ela tinha problemas com o empacotador do supermercado. Eu ia junto e ficava do lado dela, para dar aquela sensação de segurança. Não conseguia enfrentá-lo sozinha e sempre acabava jogando um cacho de uvas na cara do empacotador ou reclamando dele com a gerência ou escrevendo uma carta de seis páginas pra dona do mercado. Eu conseguia lidar com o cara pra ela. Até gostava dele, principalmente por conta do jeito que ele abria os sacos grandes de compras só com uma jogadinha de pulso.

Meu primeiro encontro informal com Comstock foi interessante. Nós só tínhamos conversado em noites de bebedeira com as patroas. Um dia de manhã, eu estava caminhando de samba-canção pelo primeiro andar. Doreen tinha ido trabalhar. Eu estava pensando em me vestir e ir ao meu apartamento checar a correspondência. Retha, a empregada, estava acostumada a me ver de samba-canção.

— Ah, cara — dizia ela —, suas pernas são tão brancas. Parece perna de frango. Você não toma sol?

Tinha uma cozinha na casa, ficava no andar de baixo. Acho que Comstock estava com fome. Entramos na mesma hora. Ele estava usando uma camiseta branca velha com uma mancha de vinho na frente. Coloquei um pouco de café na xícara, e Retha se ofereceu para fritar bacon e ovos para nós. Comstock se sentou.

— Bom — perguntei —, mais quanto tempo você acha que a gente consegue enrolar elas?

— Um bom tempo. Preciso descansar.

— Acho que vou ficar por aqui também.

— Vocês são uns desgraçados mesmo, hein — comentou Retha.

— Não queime os ovos — disse Comstock.

Retha serviu suco de laranja, torradas, bacon e ovos. Ela se sentou e comeu com a gente, lendo uma *Playgirl*.

— Acabei de sair de um casamento horrível — disse Comstock. — Preciso de um *bom* descanso.

— Tem geleia de morango pra passar na torrada — informou Retha. — Provem a geleia.

— Me fala do *seu* casamento — pedi a Retha.

— Ah, eu tenho em casa um patife fuleiro preguiçoso sinuqueiro...

Retha nos contou tudo sobre ele, terminou de comer o café da manhã, subiu e começou a passar o aspirador. Aí Comstock contou sobre o casamento dele.

— Antes do casamento era tranquilo. Ela botou as cartas boas na mesa, mas tinha umas bombas escondidas na manga. Uma mão cheia de bombas. — Comstock deu um gole no café. — Três dias depois da cerimônia, voltei pra casa e ela tinha comprado umas minissaias, as menores do mundo. E, quando eu entrei, ela tava diminuindo as saias. "Tá fazendo o quê?", perguntei a ela, e ela disse: "Essa merda é longa demais. Gosto de usar sem calcinha, pra ver os homens espiando minha buceta quando desço do banco do bar".

— Ela disse isso assim, do nada?

— Ah, tiveram alguns avisos. Uns dias antes do casamento, eu a levei pra conhecer meus pais. Ela estava usando um vestido bem-comportado e meus pais o elogiaram. Aí ela disse: "Gostaram do meu vestido, né?", puxou o vestido pra cima e mostrou a calcinha.

— Você deve ter achado um charme.

— De certa forma, sim. Mas enfim, ela começou a andar por aí usando minissaia sem calcinha. Eram tão curtas que se ela abaixasse a cabeça dava até pra ver o cu.

— Os caras gostavam?

— Acho que sim. A gente entrava num lugar e olhavam pra ela, depois pra mim. Ficavam sentados lá pensando, como é que um cara se sujeita a isso?

— Ah, cada um é de um jeito. Porra. Buceta e cu são só isso. É meio simples.

— Você pode até pensar assim, até acontecer com você. A gente saía de um bar, pisava na rua e ela dizia: "Ei, você viu o careca no canto? Ele deu uma boa olhada pra minha buceta quando eu me levantei! Aposto que ele vai pra casa bater uma".

— Posso botar mais café pra você?

— Claro, e um pouco de uísque. Pode me chamar de Roger.

— Claro, Roger.

— Cheguei do trabalho um dia e ela tinha sumido. Quebrou todas as janelas e espelhos da casa. Escreveu pelas paredes, *Roger é um merda!, Roger chupa cu!, Roger bebe mijo!*. E foi embora. Deixou um bilhete. Estava indo pegar um ônibus pra casa da mãe no Texas. Preocupada. A mãe já foi parar no hospício dez vezes. A mãe precisa dela. Era o que o bilhete dizia.

— Mais café, Roger?

— Só o uísque. Fui pra garagem da Greyhound e lá estava ela, de minissaia, mostrando a buceta, dezoito caras ao redor com ereções. Sentei perto dela, e ela começou a chorar. "Um cara negro", disse ela, "disse que eu posso ganhar mil dólares por semana se fizer o que ele mandar. Eu não sou uma puta, Roger!"

Retha desceu as escadas, foi na geladeira pegar bolo de chocolate e sorvete, entrou no quarto, ligou a TV, se deitou na cama e começou a comer. Era uma mulher bem pesada, porém agradável.

— Enfim — disse Roger —, eu disse a ela que a amava e conseguimos um reembolso pela passagem. Levei ela pra casa. Na noite seguinte, um amigo vem me visitar e ela chega por trás do cara e bate na cabeça dele com uma colher de pau. Sem avisar nem nada. Chega por trás do cara e dá uma paulada na cabeça dele. Depois de ele ir embora, ela me diz que vai ficar bem se eu deixar que ela vá pra aula de cerâmica toda quarta à noite. Eu digo beleza. Mas nada funciona. Ela começa a me atacar com facas. Sangue pra todo lado. Meu sangue. Nas paredes, nos tapetes. Ela é bem rápida com os pés. Gosta de balé, ioga, ervas, vitaminas, come semente, castanha, essa porra toda, anda com a Bíblia na bolsa, metade das páginas sublinhadas de vermelho. Diminuiu mais meio palmo das saias. Uma noite dessas, tava dormindo, mas acordei bem a tempo. Ela vinha do pé da cama, gritando, a peixeira na mão. Rolei pro lado e a faca entra no colchão, uns doze a quinze centímetros. Levanto e jogo ela na parede. Ela cai e diz: "Seu covarde! Covarde podre, bateu numa mulher! Cagão, cagão, cagão!".

— Bom, acho que você não deveria ter batido nela — falei.

— Enfim, me mudei e comecei os trâmites do divórcio, mas não acabou por aí. Ela continuou me seguindo. Uma vez, tava na fila do caixa de um supermercado. Ela entrou e gritou pra mim: "Seu chupa-rola nojento! Seu viado!". Outro dia, ela me encurralou numa lavanderia. Tava tirando minhas roupas da máquina de lavar e colocando na secadora. Ela ficou parada lá, olhando pra mim em silêncio. Deixei as roupas, entrei no carro e fui embora. Quando voltei, ela não tava lá. Olhei na secadora e tava vazia. Ela tinha levado minhas camisas, meus calções, minhas calças, minhas toalhas, meus lençóis, tudo. Comecei a receber cartas sobre os sonhos dela escritas em vermelho. Ela sonhava o tempo todo. Cortava fotos de revistas e escrevia nelas. Não conseguia decifrar a letra dela. Às vezes, tava sentado no meu apartamento de noite e ela passava, jogava pedra na minha janela e berrava: "Roger Comstock é um viadinho!". Dava pra ouvir em dez quarteirões.

— Parece bem intenso.

— Aí conheci Lynne e vim morar aqui. Me mudei de manhãzinha. Ela não sabe onde eu tô. Larguei o emprego. E aqui estou. Acho que vou levar o cachorro de Lynne pra passear. Ela gosta quando eu levo. Quando ela chega do trabalho, eu digo: "Ei, Lynne, levei seu cachorro pra passear". E ela sorri. Ela gosta quando eu levo.

— Ok — digo.

— Ei, Boner! — gritou Roger. — Vem cá, Boner!

A criatura idiota de barriga molenga chegou babando. Saíram juntos.

* * *

Só durei mais três meses. Doreen conheceu um cara que falava três línguas e era egiptólogo. Voltei pra minha quadra acabada no leste de Hollywood.

Um dia, saindo do consultório da dentista em Glendale, mais ou menos um ano depois, avistei Doreen saindo do carro. Fui até ela e nós entramos em uma cafeteria para tomar café.

— Como tá o livro? — perguntou ela.

— Ainda emperrado — falei. — Acho que nunca vou terminar aquele filho da mãe.

— Você tá sozinho agora? — perguntou ela.

— Não.

— Também não estou sozinha.

— Que bom.

— Não é bom, mas é tranquilo.

— Roger ainda tá lá com Lynne?

— Ela ia terminar com ele — contou Doreen. — Aí ele encheu a cara e caiu da varanda. Ficou paralisado da cintura pra baixo. Recebeu cinquenta mil dólares de seguro. Aí ele melhorou. Passou das muletas pra bengala. Agora já consegue passear com Boner de novo. Recentemente, tirou umas fotos maravilhosas da Olvera Street. Olha, eu tenho que correr. Tô indo pra Londres semana que vem. Férias do trabalho. Todas as despesas pagas! Tchau.

— Tchau.

Doreen se levantou, sorriu, saiu, virou pro oeste e sumiu. Eu levantei meu copo de café, dei um gole. A conta estava na mesa. um dólar e oitenta e cinco. Eu tinha dois dólares, que davam pra conta e a gorjeta. Como eu ia pagar pela porra do dentista era outra questão.

# o grande poeta

Fui vê-lo. Era o grande poeta. Era o melhor poeta narrativo desde Jeffers, com menos de setenta e famoso ao redor do mundo. Talvez os dois livros mais conhecidos dele fossem *Meu luto é melhor que o seu luto, rá!* e *Os mortos mascam chiclete em sua languidez*. Ele deu aula em muitas universidades, venceu todos os prêmios, inclusive o Nobel. Bernard Stachman.

Subi as escadas do YMCA. O sr. Stachman morava no Quarto 223. Bati à porta.

— *Porra, entra aí!* — gritou alguém de dentro.

Abri a porta e entrei. Bernard Stachman estava na cama. O cheiro de vômito, vinho, urina, merda e comida podre estava no ar. Comecei a ter refluxo. Corri pro banheiro, vomitei e voltei.

— Sr. Stachman — falei —, por que o senhor não abre uma janela?

— É uma boa ideia. E não venha com porra de "sr. Stachman". Meu nome é Barney.

Ele era aleijado, e após grande esforço saiu da cama e se sentou na cadeira ao lado.

— Agora um bom papo — disse ele. — Estive esperando por isso.

Na altura do cotovelo de Stachman, numa mesa, um galão de vinho dago red* cheio de cinzas de cigarro e mariposas mortas. Olhei pra longe e depois retornei à cena. Ele estava com o galão na boca, mas a maior parte do vinho caía para fora, escorrendo pela camisa e pela calça dele. Bernard Stachman pôs o galão na mesa.

— Era exatamente do que eu precisava.

— Você deveria usar um copo — falei. — É mais fácil.

— É, acho que você tá certo.

Ele olhou ao redor. Havia alguns copos sujos, e eu me perguntei qual ele escolheria. Foi o mais próximo. O fundo estava cheio com uma substância amarelada endurecida. Parecia resto de macarrão com frango. Ele serviu o vinho. E virou o copo.

— Ah, bem melhor. Tô vendo que trouxe sua câmera. Acho que você veio me fotografar?

— Sim — falei.

Fui até a janela e a abri, respirando ar fresco. Já chovia há dias e o ar estava puro e limpo.

— Ó — disse ele —, tô querendo mijar tem horas. Me dá uma garrafa vazia.

Tinha muitas garrafas vazias. Entreguei uma a ele. Ele não tinha zíper, só botões, e só o último estava abotoado, porque ele estava inchado demais. Ele enfiou a mão na calça, puxou o pênis pra fora e posicionou a cabeça na boca da garrafa. Quando começou a urinar, o pênis ficou teso e sacudiu, espalhando mijo

* "Dago red" é um tipo de vinho tinto feito com uvas escuras, adocicado, típico da Califórnia. "Dago" é uma forma pejorativa de se referir a descendentes de europeus vindos do Mediterrâneo, especialmente italianos, portugueses e espanhóis. A origem vem de Diego, um nome comum nesses países e que era usado como sinônimo de marinheiro não qualificado, função ocupada principalmente por pessoas dessas nacionalidades. Essa classificação de vinho não é mais usada por causa da conotação ofensiva e racista. [*N.E.*]

por todo canto — na camisa, na calça, na cara dele e, inacreditavelmente, o último jato foi na orelha esquerda.

— É um inferno ser aleijado — disse ele.

— Como aconteceu? — perguntei.

— Como aconteceu o quê?

— Ficar aleijado.

— Minha esposa. Ela passou por cima de mim com o carro.

— Como? Por quê?

— Ela disse que não me aguentava mais.

Não disse nada. Tirei algumas fotos.

— Tenho fotos da minha esposa. Quer ver umas fotos da minha esposa?

— Tá bom.

— O álbum tá ali em cima da geladeira.

Fui até a geladeira, peguei o álbum e me sentei. Só tinha fotos de sapatos de salto alto e os tornozelos esbeltos de uma mulher, pernas cobertas de náilon e cinta-liga, pernas variadas usando meia-calça. Em algumas páginas, anúncios colados do açougue: acém, oitenta e nove centavos o quilo. Fechei o álbum.

— Quando nos divorciamos — contou ele —, ela me deu isso. — Bernard enfiou a mão embaixo do travesseiro na cama dele e puxou um par de sapatos com salto agulha. Ele mandou banhá-los em bronze. Colocou na mesinha de cabeceira. E serviu mais bebida. — Eu durmo com esse sapato — disse ele. — Eu faço amor com esse sapato e depois lavo.

Tirei mais algumas fotos.

— Ó, quer uma foto? Aqui uma foto boa. — Ele desabotoou o botão solitário das calças. Não estava usando cueca. Pegou o salto do sapato e enfiou no traseiro. — Aqui, tira essa aqui.

Tirei a foto.

Era difícil para ele ficar em pé, mas conseguia se segurando na mesinha de cabeceira.

— Você ainda escreve, Barney?

— Porra, escrevo o tempo todo.

— Fãs não interrompem seu trabalho?

— Ah, porra, às vezes tem mulher que me acha, mas elas não ficam muito.

— Seus livros estão vendendo?

— Recebo cheques de royalties.

— Qual seu conselho pra jovens escritores?

— Beba, trepe e fume muito cigarro.

— Qual seu conselho pra escritores mais velhos?

— Se ainda tá vivo, não precisa de conselho.

— Que impulso faz você criar um poema?

— O que faz você cagar?

— O que você acha de Reagan e do desemprego?

— Não penso em Reagan nem em desemprego. Isso me deixa de saco cheio. Que nem viagem pro espaço e o Super Bowl.

— Então quais suas preocupações?

— As mulheres modernas.

— As mulheres modernas?

— Elas não sabem se vestir. Usam sapatos horríveis.

— O que você acha do Movimento de Libertação das Mulheres?

— Quando elas estiverem dispostas a trabalhar em lava-jato, pegar em enxada, correr atrás dos dois caras que assaltaram o depósito de bebida ou limpar o esgoto, quando elas tiverem dispostas a levar tiro nas tetas no exército, vou estar pronto pra ficar em casa e lavar os pratos e ficar de saco cheio de catar fiapo no tapete.

— Mas não tem sentido nas reivindicações delas?

— Claro.

Stachman serviu mais bebida. Mesmo quando ele usava o copo, parte do vinho descia pelo queixo e sujava sua camisa. Ele cheirava como quem não tomava banho havia meses.

— Minha esposa — disse ele. — Ainda amo minha esposa. Você me dá o telefone?

Dei o telefone. Ele discou um número.

— Claire? Alô, Claire?

Ele devolveu o telefone para o gancho.

— O que aconteceu? — perguntei.

— O de sempre. Ela desligou. Olha, vamos sair daqui, vamos no bar. Já passei tempo demais nessa porcaria de quarto. Preciso sair.

— Mas tá chovendo. Tem uma semana que não para de chover. As ruas estão alagadas.

— Não importa. Quero sair. Ela deve estar trepando com um cara agora mesmo. Deve estar de salto alto. Eu sempre dizia pra ela não tirar o sapato.

Ajudei Bernard Stachman a vestir um sobretudo marrom velho. Não tinha nenhum botão na frente. Estava rígido de tão sujo. Não parecia um sobretudo de Los Angeles, era pesado e desajeitado, devia ser de Chicago ou Denver nos anos 1930.

Pegamos as muletas dele e descemos dolorosamente as escadas do YMCA. Bernard tinha uma garrafa de moscatel em um dos bolsos. Chegamos à porta e Bernard me garantiu que conseguia atravessar a calçada e entrar no carro. Eu tinha estacionado meio distante do meio-fio. Enquanto dava a volta para entrar do outro lado, escutei um grito e barulho de água. Corri de volta, e Bernard tinha conseguido cair e se enfiar na vala entre o carro e o meio-fio. Água por todos os lados. Ele estava sentado e a água corria por cima dele, encharcando suas calças, batendo pelos lados, as muletas boiando por cima do colo.

— Tá tudo bem — disse ele —, pega o carro e me deixa aqui.

— Ah, porra, Barney.

— É sério. Pega o carro. Me deixa aqui. Minha esposa não me ama.

— Ela não é sua esposa, Barney. Você é divorciado.

— Fala isso pra polícia.

— Vamos lá, Barney, vou te ajudar a levantar.

— Não, não. Tudo bem. É sério. Vá em frente. Encha a cara sem mim.

Segurei ele, abri a porta da frente e o coloquei no banco da frente. Ele estava muito, muito molhado. Jorrava água no assoalho. Eu dei a volta e entrei no carro. Barney tirou a tampa do moscatel, bebeu um gole, passou a garrafa pra mim. Bebi um gole. Dei partida no carro e dirigi, procurando por trás do para-brisa, debaixo de chuva, um bar onde a gente pudesse entrar e não vomitar à primeira vista e ao primeiro cheiro do mictório.

# você beijou lilly

Era uma noite de quarta-feira. A televisão não estava lá essas coisas. Theodore tinha cinquenta e seis anos. A esposa, Margaret, tinha cinquenta. Estavam casados havia vinte anos e não tinham filhos. Ted desligou a luz. Eles se esticaram no escuro.

— Bom — disse Margy —, não vai me dar beijo de boa-noite?

Ted suspirou e se virou para ela. Deu um beijo leve.

— Você chama isso de beijo?

Ted não respondeu.

— Aquela mulher na TV parecia com Lilly, né?

— Não sei.

— Sabe, sim.

— Olha, não comece com história que não vai ter história.

— Você só quer não *discutir* as coisas. Só quer se fechar. Seja sincero. Aquela mulher na TV parecia com Lilly, né?

— Tá bom. *Tinha* uma semelhança.

— Fez você pensar em Lilly?

— Ai, meu deus...

— Não seja evasivo! Fez você pensar nela?

— Por um momento, fez, sim...

— Fez você se sentir bem?

— Não, olha, Marge, aquilo aconteceu faz cinco anos!

— O tempo muda o que aconteceu?

— Eu já pedi desculpa.

— *Desculpa!* Você sabe o que você *fez* comigo? E se eu tivesse feito aquilo com um homem qualquer? Como *você* ia se sentir?

— Não sei. Faça que eu vou saber.

— Ah, agora você tá de *palhaçada*! É piada!

— Marge, a gente discutiu isso umas quatrocentas ou quinhentas vezes.

— Quando você fazia amor com Lilly, você beijava ela como *me* beijou hoje?

— Não, acho que não...

— Então foi como? Como?

— Meu deus, para com isso!

— *Como foi?*

— Ah, foi diferente.

— Diferente como?

— Ah, tinha uma sensação de novidade. Fiquei empolgado...

Marge se sentou na cama e gritou. E então parou.

— E quando você me beija não é empolgante, é isso?

— A gente tá acostumado um com o outro.

— Mas *amor* é isso: viver e crescer juntos.

— Ok.

— "Ok?" Como assim "ok"?

— Assim, você tá certa.

— Você nunca fala sério. Você só não quer falar. Você vive comigo há todos esses anos. Você sabe por quê?

— Não tenho certeza. As pessoas sossegam com uma coisa, tipo um trabalho. As pessoas sossegam. Acontece.

— Você tá dizendo que estar comigo é que nem trabalhar? É um trabalho agora?

— No trabalho a gente bate ponto.

— Olha você de novo! Esta é uma discussão séria!

— Tá bom.

— "Tá bom?" Seu canalha! Você tá quase dormindo!

— Margy, o que você quer que eu faça? Isso aconteceu faz anos!

— Tá bom, vou dizer o que eu quero que você faça! Quero que você *me* beije que nem beijou Lilly! Quero que você me *coma* que nem comeu Lilly!

— Não posso fazer isso...

— Por quê? Porque eu não te excito como Lilly excitou? Porque eu não sou uma *novidade*?

— Eu mal me lembro de Lilly.

— Você deve lembrar o *suficiente*. Tá bom. Não precisa me *comer*! Só me *beija* que nem você beijou Lilly!

— Ah, meu deus, Margy, *por favor*, deixa pra lá, eu imploro!

— Eu quero saber *por que* a gente viveu todo esse tempo juntos! Será que eu desperdicei minha vida?

— Isso todo mundo faz, quase todo mundo faz.

— Desperdiça a vida?

— Acho que sim.

— Se você pudesse *imaginar* o quanto eu te odeio!

— Você quer o divórcio?

— Se eu quero o divórcio? Ah, meu deus, e você tá *calmo* assim! Você destrói minha vida e me pergunta se eu quero divórcio! Eu tenho cinquenta anos! Eu te dei minha vida! Pra onde eu vou daqui pra frente?

— Pode ir pro inferno! Cansei da sua voz. Cansei da sua reclamação.

— E se eu fizesse aquilo com um homem?

— Queria que você tivesse feito. Queria que você fizesse!

Theodore fechou os olhos. Margaret chorou. Lá fora, um cachorro latiu. Alguém tentou dar partida em um carro. Não pegou. Fazia dezoito graus na cidadezinha em Illinois. James Carter era presidente dos Estados Unidos.

Theodore começou a roncar. Margaret foi até a gaveta de baixo do guarda-roupa e pegou a arma. Um revólver calibre vinte e dois. Carregado. Trouxe de volta para a cama, onde estava o marido.

Margaret o sacudiu.

— Ted, querido, você está *roncando*...

Ela o sacudiu novamente.

— O que é...? — perguntou Ted.

Ela destravou a arma, encostou o cano no peito dele e puxou o gatilho. A cama saltou e Margaret afastou o revólver. Um som parecido com um peido escapuliu da boca de Theodore. Ele não parecia estar sentindo dor. A lua brilhava pela janela. Margaret olhou e o buraco era pequeno, não saía muito sangue. Ela encostou a arma do outro lado do peito dele. Puxou o gatilho de novo. Dessa vez, ele não soltou som algum. Mas continuou respirando. Ela o observou. O sangue estava saindo. O sangue era muito fedido.

Agora que ele estava morrendo, ela quase o amava. Mas Lilly, quando ela pensava em Lilly... A boca de Ted na dela e no corpo todo, ela queria atirar de novo... Ted sempre ficava bem de gola rulê e de verde, e quando ele peidava na cama, sempre virava para o outro lado — nunca peidava nela. Ele quase nunca perdia um dia de trabalho. Perderia amanhã...

Margaret soluçou por um tempo e depois foi dormir.

Quando Theodore acordou, sentiu como se houvesse juncos compridos e afiados enfiados em cada um dos lados de seu peito. Não sentia dor. Pôs as mãos no peito e as levantou para a luz da lua. As mãos estavam cobertas de sangue. Ficou confuso. Olhou para Margaret. Ela estava dormindo enquanto segurava a arma que ele a ensinou a usar para se proteger.

Theodore se sentou, e o sangue começou a sair mais rápido dos dois buracos do peito dele. Margaret tinha atirado nele enquanto ele dormia. Por causa da porra da Lilly. Ele nem tinha conseguido gozar com Lilly.

*Estou quase morto*, pensou ele, *mas se eu conseguir ir pra longe dela talvez tenha chances.*

Theodore estendeu a mão com cuidado e desvencilhou os dedos de Margaret da arma. Ainda estava destravada.

*Não quero matar você*, pensou ele, *só quero ir pra longe. Acho que já quero isso há quinze anos.*

Ele conseguiu sair da cama. Pegou a arma e mirou na parte de cima da coxa direita de Margaret. Atirou.

Margy gritou, e ele cobriu-lhe a boca com a mão. Esperou alguns minutos e tirou a mão.

— O que você tá *fazendo*, Theodore?

Ele mirou na parte de cima da coxa esquerda de Margaret. Atirou. Parou o grito dela com a mão mais uma vez. Segurou por uns minutos e soltou de novo.

— Você beijou Lilly — disse Margaret.

O revólver ainda tinha duas balas. Ted se endireitou e olhou para os buracos no próprio peito. O buraco da direita tinha parado de sangrar. O buraco da esquerda cuspia um fiozinho vermelho em intervalos.

— Eu vou *matar* você! — disse Margy, da cama.

— Você quer *muito*, né?

— Quero, *sim*! E *vou*!

Ted começou a ficar tonto e enjoado. Onde estavam os policiais? Devem ter escutado os tiros, não? Onde eles *estavam*? Ninguém escutava tiro?

Viu a janela. Atirou na janela. Estava ficando mais fraco. Caiu de joelhos. Foi de joelhos até outra janela. Atirou de novo. A bala deixou um buraco redondo no vidro, mas não o estraçalhou. Uma sombra escura passou na frente dele. Depois sumiu.

*Preciso tirar essa arma daqui!*, pensou ele.

Theodore reuniu as últimas forças. Jogou a arma na janela. O vidro quebrou, mas a arma caiu de volta para dentro...

Quando tomou consciência, a esposa estava na frente dele. *De pé* sobre as duas pernas em que ele tinha atirado. Recarregando a arma.

— Eu vou matar você — disse ela.

— Margy, pelo amor de deus, escute! Eu te *amo*!

— *Rasteje*, seu cachorro mentiroso!

— Margy, por favor...

Theodore começou a rastejar para outro quarto.

Ela o seguiu.

— Então beijar Lilly te *excitou*?

— Não, não! Eu não gostei! Eu odiei!

— Eu vou arrancar essa boca maldita da sua cara!

— Margy, meu deus!

Ela pôs o revólver na boca do marido.

— Aqui um *beijo* pra você!

Ela atirou. A bala arrancou parte do lábio inferior dele e parte da mandíbula. Ele continuou consciente. Viu um dos sapatos no chão. Reuniu as forças de novo e jogou o sapato em outra janela. O vidro quebrou e o sapato caiu do lado de fora.

Margaret pegou a arma e mirou o próprio peito. Apertou o gatilho...

Quando a polícia derrubou a porta, Margaret estava de pé com a arma na mão.

— Ok, senhora, solte a arma! — disse um dos policiais.

Theodore ainda estava tentando rastejar para longe. Margaret mirou nele, atirou e errou. Então despencou no chão de camisola roxa.

— Que porra aconteceu aqui? — perguntou um dos policiais, debruçando-se sobre Theodore.

Theodore virou a cabeça. A boca era um borrão vermelho.

— *Skirrr* — disse Theodore —, *skirrr...*

— Odeio essas brigas domésticas — disse o outro policial. — Que *bagunça...*

— É — disse o primeiro policial.

— Tive uma briga com minha esposa hoje de manhã. Nunca dá pra saber.

— *Skirrr* — disse Theodore.

Lilly estava em casa assistindo a um filme antigo de Marlon Brando na televisão. Estava sozinha. Sempre fora apaixonada por Marlon.

Soltou um peidinho. Levantou o vestido e começou a se tocar.

# mulher brasa

Monk entrou. Lá dentro parecia bastante empoeirado e mais escuro que o normal. Ele andou até a ponta do balcão do bar e se sentou ao lado de uma loirona que estava fumando uma cigarrilha e bebendo uma Hamm's. Ela peidou quando Monk sentou.

— Boa noite — falou ele —, meu nome é Monk.

— Meu nome é Mud — disse ela, entregando a idade.

Monk seguia sentado quando um esqueleto se levantou de trás do balcão, da banqueta em que estava sentado. O esqueleto foi até Monk. Ele pediu um uísque com gelo, e o esqueleto estendeu as mãos para fazer o drinque. Acabou derramando uma boa quantidade de uísque no balcão, mas conseguiu terminar o serviço, pegar o dinheiro de Monk, guardar no caixa e dar o troco certo.

— Que história é essa? — perguntou Monk à mulher. — Eles não têm verba pra contratar gente aqui?

— Puta merda — disse a mulher —, é um truque de Billy. Tá vendo os fios? Ele controla aquela coisa que nem fantoche. Ele acha muito engraçado.

— Este lugar é esquisito — comentou Monk. — Fede a morte.

— A morte não fede — disse a mulher —, quem fede é gente viva, gente morrendo, gente apodrecendo. A morte não fede.

Uma aranha desceu de uma teia invisível entre eles e, devagar, deu uma voltinha. Era dourada à meia-luz. Depois subiu pela teia de novo e sumiu.

— Primeira vez que vejo aranha em bar — comentou Monk.

— Ela só come mosca-chaceira — disse a mulher.

— Jesus, esse lugar é cheio de piada ruim.

A mulher peidou.

— Um beijo pra você — brincou ela.

— Obrigado — disse Monk.

Um bebum na outra ponta do balcão colocou uns trocados no *jukebox* e o esqueleto saiu de trás do balcão, foi até a mulher e se curvou. A mulher se levantou e dançou com o esqueleto. Dançaram por todo canto. As únicas pessoas no bar eram a mulher, o esqueleto, o bebum e Monk. Uma noite parada. Monk acendeu um Pall Mall e bebeu o drinque. Quando a música acabou, o esqueleto voltou para atrás do balcão e a mulher voltou para a banqueta ao lado de Monk.

— Eu lembro — disse a mulher — quando todas as celebridades vinham aqui. Bing Crosby, Amos e Andy, os Três Patetas.* Este lugar era um agito só.

— Prefiro do jeito que tá — afirmou Monk.

O *jukebox* começou a tocar de novo.

— Gostaria de dançar? — perguntou a mulher.

---

* Bing Crosby (1903-1977) foi cantor, ator e *entertainer* estadunidense. *Amos 'n' Andy* foi uma sitcom de rádio e TV estadunidense sobre dois personagens negros, Amos Jones e Andrew Hogg Brown, inicialmente interpretados por atores brancos no rádio (Freeman Gosden e Charles Correll, respectivamente), mas que depois foram assumidos por atores negros na TV (Alvin Childress e Spencer Williams). Os Três Patetas (The Three Stooges) foi um grupo cômico estadunidense em atividade entre 1922 e 1970, que fazia comédia pastelão, interpretados por Moe Howard, Larry Fine e Shemp Howard. [*N.E.*]

— Por que não? — disse Monk.

Levantaram-se e começaram a dançar. A mulher estava de roupa lilás e cheirava a lilases. Mas era bem gorda e tinha a pele alaranjada, e os dentes falsos pareciam mastigar com cuidado um rato morto.

— Este lugar me lembra Herbert Hoover* — disse Monk.

— Hoover foi um grande homem — declarou a mulher.

— Que nada — falou Monk. — Se Franky D.** não tivesse chegado, nós íamos morrer de fome.

— Franky D. botou a gente na guerra — comentou a mulher.

— Bom — argumentou Monk —, ele tinha que nos proteger das hordas fascistas.

— Nem me fale das hordas fascistas — disse a mulher. — Meu irmão morreu lutando contra Franco na Espanha.

— Brigada Abraham Lincoln? — perguntou Monk.

— Brigada Abraham Lincoln — respondeu a mulher.

Estavam dançando bem próximos, e a mulher de repente enfiou a língua na boca de Monk. Ele a empurrou para fora com a própria língua. Ela tinha gosto de selo velho e rato morto. A música acabou. Voltaram às banquetas e se sentaram.

O esqueleto foi até eles. Estava segurando uma vodca com suco de laranja. Parou na frente de Monk, jogou vodca com suco na cara dele e foi embora.

— Qual é o problema dele? — perguntou Monk.

— Ele é muito ciumento — disse a mulher. — Me viu beijando você.

— Você chama aquilo de beijo?

— Eu já beijei alguns dos maiores homens da história.

---

* (1874-1964), político estadunidense e 31º presidente dos Estados Unidos. [N.E.]

** Franklin D. Roosevelt (1882-1945), 32º presidente dos Estados Unidos. [N.E.]

— Imagino que sim... Napoleão, Henrique VIII e César...

A mulher peidou.

— Um beijo pra você — disse ela.

— Obrigado — respondeu Monk.

— Acho que estou ficando velha — comentou a mulher. — A gente fala de preconceito, mas nunca fala do preconceito que todo mundo tem com gente velha.

— É — disse Monk.

— Eu não sou *tão* velha assim, sabe — falou a mulher.

— Não — respondeu Monk.

— Ainda tenho minhas regras.

Monk fez um gesto para o esqueleto, pedindo mais dois drinques. A mulher também quis uísque com gelo. Os dois pediram uísque com gelo. O esqueleto voltou para trás do bar e se sentou.

— Sabe... — prosseguiu a mulher. — Eu estava lá no dia em que Babe*, já com dois strikes, apontou pro muro e mandou a bola por cima no arremesso seguinte.

— Achava que isso era mito — disse Monk.

— Mito porra nenhuma — rebateu a mulher. — Eu tava lá. Vi acontecer.

— Sabe... — falou Monk — isso é incrível. É gente excepcional assim que faz o mundo girar. Fazem os milagres enquanto a gente fica de bunda sentada.

— É — disse a mulher.

Continuaram sentados, bebendo os drinques. Lá fora, dava pra ouvir o som do vaivém do trânsito na Hollywood Boulevard. Um som persistente feito a maré, ondulava feito o oceano, era um oceano: havia tubarões e barracudas e águas-vivas e polvos e

---

* George Herman Ruth Jr., mais conhecido como Babe Ruth (1948-1985), um dos mais famosos jogadores estadunidenses de beisebol. [N.E.]

rêmoras e baleias e moluscos e esponjas e grunions e coisas assim. Mas, lá dentro, parecia um aquário à parte.

— Eu estava lá — disse a mulher — quando Dempsey quase matou Willard*. Jack tinha acabado de sair dos vagões, tinha a fúria de um tigre faminto. Ninguém viu nada parecido, nem antes nem depois daquilo.

— Você disse que ainda tem regras?

— Isso mesmo — disse a mulher.

— Diziam que Dempsey colocava cimento ou gesso nas luvas, que ele as mergulhava na água pra endurecer, e que foi por isso que ele detonou Willard daquele jeito — explicou Monk.

— Que mentira do caralho — disse a mulher. — Eu tava lá, vi as luvas.

— Acho que você é doida — declarou Monk.

— Achavam que Joana D'Arc era doida também.

— Imagino que você tenha visto Joana D'Arc sendo queimada — provocou Monk.

— Eu tava lá — disse a mulher. — Eu vi.

— Balela.

— Ela queimou. Eu a vi queimar. Foi tão terrível, tão bonito.

— O que teve de bonito nisso?

— O jeito que ela queimou. Começou pelos pés. Parecia um ninho de cobras vermelhas subindo pelas pernas dela e depois parecia uma cortina vermelha flamejante e ela virou o rosto pra cima e dava pra sentir o cheiro da carne queimando e ela ainda

* Jack Dempsey (1895-1983) e Jess Willard (1881-1968) foram boxeadores estadunidenses. Em 1919, uma luta entre os dois terminou com a derrota de Willard, e a extensão dos supostos ferimentos de Willard após a luta sugeririam que Dempsey teria usado um soco inglês, algo que vai contra as regras do esporte. Essa teoria é contestada hoje, mas Willard manteve até o fim da vida que Dempsey trapaceou nessa luta. [N.E.]

tava viva, mas não gritou. Ela moveu os lábios, rezando, mas não gritou.

— Balela — disse Monk —, qualquer pessoa ia gritar.

— Não, nem todo mundo ia gritar. As pessoas são diferentes.

— Carne é carne, e dor é dor.

— Você subestima o espírito humano.

— É — replicou Monk.

A mulher abriu a bolsa.

— Aqui, quero te mostrar uma coisa.

Ela pegou uma caixa de fósforos, riscou um e abriu a mão esquerda, virando-a para baixo. Ela segurou o fósforo embaixo da palma e deixou queimar até o fósforo apagar. Um cheiro doce de carne queimada encheu o lugar.

— Muito bom — disse Monk —, mas não foi seu corpo todo.

— Não importa. O princípio é o mesmo.

— Não, não é a mesma coisa.

— Cacete — praguejou a mulher.

Ela se levantou e encostou um fósforo na barra do vestido lavanda. O material era fino e transparente, e as chamas começaram a lamber as pernas dela e depois subir até a cintura.

— Jesus Cristo — reclamou Monk. — Que porra é essa que você tá fazendo?

— Provando um princípio — respondeu a mulher.

As chamas subiram mais. Monk saltou da banqueta e empurrou a mulher no chão. Ele a rolou pelo chão e bateu no vestido dela com as mãos. Então o fogo apagou. A mulher voltou para a banqueta dela e se sentou lá. Monk se sentou ao lado dela, tremendo. O bartender apareceu. Ele estava usando uma camisa branca limpa, colete preto, gravata-borboleta e calça listrada de azul e branco.

— Desculpe, Maude — disse o bartender à mulher —, mas você tem que ir embora. Já chega por essa noite.

— Ok, Billy.

Ela terminou o drinque, se levantou e saiu pela porta. Antes de sair, deu boa noite ao bebum da outra ponta do balcão.

— Meu deus — disse Monk —, ela é demais da conta.

— Ela fez a Joana D'Arc de novo? — perguntou o bartender.

— Que diabo, você viu, né?

— Não, eu tava falando com Louie.

Ele apontou para o bebum na ponta do balcão.

— Achei que você estivesse lá em cima mexendo nos fios.

— Que fios?

— Os fios do esqueleto.

— Que esqueleto? — perguntou o bartender.

— Ah, fala sério — disse Monk —, para com essa merda.

— Do que você tá falando?

— Tinha um esqueleto aqui servindo drinques. Ele até dançou com Maude.

— Eu passei a noite toda aqui — disse o bartender.

— Eu disse pra *parar com essa merda*!

— Não tô com merda nenhuma — retrucou o bartender. Ele se virou para o bebum na ponta do balcão. — Ei, Louie, você viu um esqueleto aqui?

— Um esqueleto? — perguntou Louie. — Do que você tá falando?

— Fala pra esse cara que eu passei a noite inteira atrás desse balcão — disse o bartender.

— Billy passou a noite inteira aqui. E nenhum de nós viu esqueleto nenhum.

— Me vê outro uísque com gelo — pediu Monk. — Depois vou dar o fora daqui.

O bartender trouxe o uísque com gelo. Monk bebeu e deu o fora dali.

# um mundo sujo

Um dia desses, dirigindo pela Sunset tarde da noite, parei no semáforo e no ponto de ônibus vi uma ruiva tingida com um rosto terrível e acabado, cheio de pó e maquiagem, que dizia "é isso que a vida faz com a gente". Conseguia imaginá-la bêbada, gritando com um homem do outro lado do recinto, e fiquei feliz que esse homem não era eu. Ela me percebeu encarando e acenou:

— Ei, que tal uma carona?

— Ok — falei.

Ela correu por duas pistas pra entrar no carro. Fui dirigindo, e ela me mostrou um pouco da coxa. Nada mau. Continuei dirigindo em silêncio.

— Quero ir pra Alvarado Street — disse ela.

Imaginei que sim. Era lá que elas ficavam. Da Eighth com a Alvarado até em cima, nos bares do outro lado do parque e nas esquinas, até onde a ladeira começava. Já tinha frequentado esses bares por uns anos e sabia do esquema. A maioria delas só queria um drinque e um lugar onde ficar. Nesses bares escuros elas não pareciam tão mal. Chegamos perto da Alvarado.

— Me dá cinquenta centavos? — perguntou ela.

Peguei duas moedas de vinte e cinco no bolso.

— Acho que ganho uma apalpada com isso.

Ela riu.

— Vá em frente.

Puxei o vestido dela e belisquei de leve o lugar onde a meia--calça terminava. Quase falei "Porra, vamos comprar uma garrafa e ir lá pra casa". Já conseguia me ver metendo naquele corpo magro, quase ouvia as molas da cama. E conseguia vê-la sentada numa cadeira depois, xingando, falando e rindo. Deixei pra lá. Ela desceu na Alvarado e eu lhe assisti atravessando a rua, rebolando como se tivesse alguma coisa ali. Segui com o carro. Eu devia seiscentos e seis dólares em impostos ao estado. Ia ter que recusar uma bunda de vez em quando.

Estacionei do lado de fora do Chinaman, entrei e pedi uma tigela de *wonton* de frango. O cara do meu lado não tinha a orelha esquerda. Só tinha um buraco na cabeça, um buraco sujo e cheio de cabelo em volta. Orelha nenhuma. Olhei pra dentro do buraco e depois voltei para o *wonton* de frango. Não estava mais tão gostoso. Depois outro cara entrou e sentou à minha esquerda. Um vagabundo. Ele pediu um copo de café. Olhou pra mim:

— E aí, Bebum — disse ele.

— E aí — respondi.

— Todo mundo *me* chama de "Bebum", então pensei em chamar você também.

— Tudo bem. Eu já fui um bebum.

Ele mexeu o café.

— Essas bolhinhas no café. Ali ó. Minha mãe dizia que significava que tinha dinheiro chegando pra mim. Não foi bem assim.

Mãe? Esse homem já teve mãe?

Terminei minha tigela e deixei-os lá, o cara sem orelha e o vagabundo olhando para as bolhinhas do café.

*Que noite dos infernos*, pensei. *Acho que não tem como acontecer mais nada*. Estava errado.

Decidi andar pela Alameda para comprar alguns selos. O trânsito estava pesado e havia um jovem policial gerenciando a passagem de carros e pessoas. Tinha alguma coisa acontecendo. Um jovem na minha frente estava gritando com o policial.

— Anda, deixa a gente passar, que porra é essa?! Já passamos tempo demais aqui!

O policial continuou gesticulando para guiar o trânsito.

— Bora, qual é seu problema, porra? — gritou o jovem.

*Esse rapaz deve ser maluco*, pensei. Ele era boa-pinta, jovem, grande, devia ter um metro e noventa de altura, noventa quilos. Camisa branca. Nariz um pouco grande demais. Devia ter bebido umas, mas não estava bêbado. Aí o policial soprou o apito e gesticulou pra multidão atravessar. O rapaz pisou na pista.

— Tudo bem, vambora, galera, é *seguro* agora, é *seguro* atravessar!

*É o que você acha, rapaz*, pensei. O rapaz balançava os braços.

— Vambora, galera!

Eu estava caminhando bem atrás dele. Vi a cara do policial. Ele ficou pálido. Estreitou bem os olhos. Era um policial jovem, baixinho e pesado. Foi na direção do rapaz. Ah, Jesus, lá vem. O rapaz viu o policial indo na direção dele.

— Não *encosta* em mim! Não ouse *encostar* em mim!

O policial segurou o rapaz pelo braço direito, disse alguma coisa, tentou levá-lo de volta pra calçada. O garoto soltou o braço e saiu andando. O policial correu atrás dele, segurou firme, mas ele conseguiu se soltar, e aí começaram a brigar, girando pelo espaço. Dava pra ouvir o barulho dos pés deles. As pessoas paravam e assistiam de longe. Eu estava bem em cima deles. Tive que dar um passo pra trás diversas vezes enquanto eles brigavam.

Eu também não tinha noção. Aí subiram na calçada. O chapéu do policial voou. Foi aí que eu fiquei assustado. Ele não parecia um oficial sem o chapéu, mas ainda tinha o cacetete e a arma. O rapaz se soltou de novo e começou a correr. O policial pulou nas costas do dele, deu uma chave de braço e tentou puxá-lo para trás, mas o cara só ficou lá. Aí se soltou. Finalmente, o cara foi encurralado numa grade do lado de fora de um estacionamento. Rapaz branco e policial branco. Do outro lado da rua, vi cinco jovens negros rindo e assistindo. Estavam enfileirados numa parede. O policial estava de chapéu novamente, levando o garoto até uma cabine telefônica.

Entrei e peguei meus selos na máquina. Que noite bizarra. Até esperei que uma cobra saísse da máquina. Mas só vieram selos. Levantei a cabeça e vi meu amigo Benny.

— Você viu o que aconteceu, Benny?

— Ah, quando levarem o rapaz pra delegacia vão pôr umas luvas de couro e arrebentar a cara dele.

— É mesmo?

— Claro. Aqui é que nem no condado. Espancam geral. Saí tem pouco tempo da cadeia nova de lá. Deixam os policiais novos treinar nos prisioneiros pra pegar experiência. Dava pra ouvir os gritos na hora do espancamento. E os caras se gabam. Quando eu tava lá, um policial passou e disse: "Acabei de arrebentar um bebum!".

— Ouvi falar disso.

— Eles deixam você fazer uma ligação e tinha um cara no telefone por muito tempo e eles mandando desligar. Ele dizia: "Só um minuto, só um minuto!" e finalmente um policial ficou puto e desligou o telefone e o cara gritou: "Eu tenho direitos, você não pode fazer isso!".

— O que aconteceu?

— Uns quatro policiais seguraram o cara. Levaram ele tão rápido que os pés dele nem tocaram o chão. Botaram na sala do lado. Dava pra ouvir, acabaram com ele. Os policiais lá, botando a gente pra se abaixar, olhando o cu de cada um, procurando droga nos nossos sapatos, e trouxeram o rapaz encolhido e tremendo, quase caindo. Um monte de vergão vermelho no corpo. Largaram ele lá, tremendo na parede. Ele apanhou legal.

— É — falei. — Tava passando pela Union Rescue Mission* uma noite dessas e vi dois policiais na viatura pegando um bêbado. Um entrou no banco de trás com o bêbado, e ouvi ele dizendo "Policial nojento, filho da puta!". Aí o policial meteu a ponta do taco na barriga do cara. Foi uma porrada do caralho, fiquei enjoado na hora. Podia ter aberto a barriga do cara ou dado hemorragia interna.

— É, esse mundo é sujo.

— Falou e disse, Benny. Te vejo por aí. Se cuida.

— Beleza. Você também.

Fui até o carro e subi a Sunset de novo. Quando cheguei na Alvarado, virei pro sul e desci até mais ou menos a Eighth Street. Estacionei, saí, achei uma bodega e comprei uma garrafa de uísque. Fui até o bar mais próximo. Lá estava ela. Minha ruiva com a cara terrível. Fui até ela, dei um tapinha na garrafa.

— Vamos.

Ela terminou o drinque e veio andando atrás de mim.

— Noite bonita — disse ela.

— Ah, sim — respondi.

Quando chegamos na minha casa, ela foi no banheiro e eu lavei dois copos. *Não tem saída*, pensei, *não tem saída pra nada*.

---

* Instituição nos Estados Unidos que promove auxílio para a população de rua, oferece comida, abrigo, educação e programas de reabilitação social. [*N.E.*]

Ela veio na cozinha, encostou em mim. Tinha retocado o batom. Ela me beijou, rodeando a língua na minha boca. Levantei o vestido dela e agarrei a calcinha. Nos enroscamos sob a luz elétrica. Ah, o estado teria que esperar mais um pouco por aqueles impostos. Talvez o governador Deukmejian entendesse. Nos separamos, servi nossos drinques e entramos no outro recinto.

# Quatrocentos quilos

Eric Knowles acordou no quarto do motel e olhou ao redor. Lá estavam Louie e Gloria, enroscados um com o outro na outra metade da cama king-size. Eric encontrou uma garrafa quente de cerveja, abriu, entrou com ela no banheiro e bebeu debaixo do chuveiro. Estava enjoado pra caralho. Tinha ouvido falar da teoria da cerveja quente. Não funcionou. Eric saiu do chuveiro e vomitou no vaso. Então voltou para o chuveiro. Esse era o problema de ser escritor, o maior problema: tempo de ócio, tempo de ócio em excesso. Você tinha que esperar até acumular o suficiente para escrever e, enquanto esperava, enlouquecia, enquanto enlouquecia, você bebia, e quanto mais você bebia mais louco você ficava. Não havia nada de glorioso na vida de escritor ou na vida de beberrão. Eric se enxugou, vestiu uma samba-canção e entrou no recinto ao lado. Louie e Gloria estavam acordando.

— Ah, merda — disse Louie —, meu deus.

Louie era mais um escritor. Ele não pagava aluguel que nem Eric, Gloria é quem pagava o aluguel dele. Três quartos dos escritores que Eric conhecia em Los Angeles e Hollywood eram sustentados por mulheres, mas eles não eram tão talentosos com a máquina de escrever quanto eram com suas mulheres. Eles se vendiam espiritual e fisicamente para elas.

Eric escutou Louie vomitando no banheiro, e o som o fez passar mal de novo. Ele achou um saco de papel vazio, e toda vez que Louie vomitava, Eric vomitava também. Em harmonia solidária.

Gloria era bem legal. Ela tinha acabado de engatar um trabalho de professora assistente numa faculdade no norte da Califórnia. Ela se esticou na cama e disse:

— Vocês são uma coisa mesmo... Gêmeos do vômito.

Louie saiu do banheiro.

— Ei, você tá rindo da minha cara?

— Claro que não, carinha. Foi só uma noite difícil pra mim.

— Foi uma noite difícil pra todo mundo.

— Acho que vou tentar a cerveja quente de novo pra ver se melhoro — disse Eric.

Ele destampou uma garrafa e fez mais uma tentativa.

— Foi interessante o jeito que você controlou ela — comentou Louie.

— Como assim?

— Ah, quando ela veio até você em cima da mesinha de centro, você se mexeu em câmera lenta. Nem se afetou. Pegou ela por um braço e depois pelo outro e virou a mulher. Depois subiu nela e disse: "Qual é seu problema, porra?".

— A cerveja está dando certo — disse Eric. — Você tem que testar.

Louie abriu uma garrafa e se sentou na beira da cama. Ele era editor de uma pequena revista, *Revolta dos Ratos*, feita com mimeógrafo. Não era melhor ou pior que qualquer outra pequena revista. Todas ficaram meio cansativas; o talento era pouco, ou pouco consistente. Louie estava agora na décima quinta ou décima sexta edição da revista.

— A casa era dela — disse Louie, pensando sobre a noite anterior. — Ela disse que a casa era dela e que a gente tinha que sair de lá.

— Pontos de vista e ideais divergentes. Isso sempre dá problema e sempre existem pontos de vista e ideais divergentes. Além do mais, a casa *era* dela — pontuou Eric.

— Acho que vou provar uma dessas cervejas — disse Gloria.

Ela levantou, pôs o vestido e pegou uma cerveja quente. *Professora bonita*, pensou Eric.

Sentaram e tentaram botar as cervejas pra dentro.

— Alguém quer ver TV? — perguntou Louie.

— Não ouse — disse Gloria.

De repente, houve uma grande explosão, que fez as paredes tremerem.

— Jesus! — disse Eric.

— O que foi isso? — perguntou Gloria.

Louie foi até a porta e a abriu. Estavam no segundo andar. Tinha uma varanda, e o motel era construído ao redor de uma piscina. Louie olhou para baixo.

— Vocês não vão acreditar, mas tem um cara de uns duzentos e vinte quilos lá embaixo na piscina. A explosão que você escutou foi ele pulando na água. Nunca vi um cara desse tamanho. Ele é enorme. E tem alguém de uns cento e oitenta quilos com ele. Parece ser filho dele. Agora o filho vai pular. Esperem aí!

Houve outra explosão. As paredes balançaram de novo. Muita água saiu da piscina.

— Agora estão nadando lado a lado. Que visão!

Eric e Gloria caminharam até a porta e olharam para fora.

— É uma situação perigosa — disse Eric.

— Como assim?

— Quer dizer, olhando toda essa gordura, a gente pode acabar gritando algo pra eles. Algo bem infantil, sabe. Mas com essa ressaca, tudo pode acontecer.

— Sim, já dá pra ver eles correndo até aqui e batendo na porta — falou Louie. — Como a gente vai dar conta de quatrocentos quilos?

— Sem chance, mesmo com saúde.

— Sem saúde, sem chance mesmo.

— Sim.

— *Ei, gordinho!* — gritou Louie.

— Ah, não — comentou Eric. — Não, por favor. Estou enjoado...

Os dois homens gordos olharam para cima. Ambos estavam com sungas azul-claras.

— *Ei, gordinho!* — repetiu Louie. — *Aposto que se você peidasse, ia soprar alga daqui até as Bermudas!*

— Louie — disse Eric —, não tem alga lá embaixo.

— *Não tem alga aí embaixo, gordinho!* — gritou Louie. — *Você deve ter sugado tudo pelo cu!*

— Ah, meu deus — reclamou Eric. — Eu sou escritor porque sou covarde e agora estou em risco de sofrer uma morte súbita e violenta.

O homem gordo mais velho saiu da piscina e o menor o seguiu. Dava para escutá-los subindo a escada, *plop*, *plop*, *plop*. As paredes tremiam.

Louie fechou a porta e passou o trinco.

— O que isso tem a ver com fazer literatura decente e duradoura? — perguntou Eric.

— Acho que nada — respondeu Louie.

— Você e a porra do seu mimeógrafo — disse Eric.

— Tô com medo — declarou Gloria.

— Tá todo mundo com medo — confirmou Louie.

Então eles chegaram à porta.

*BAM, BAM, BAM, BAM!*

— Sim? — respondeu Louie. — O que é?

— *Abre a porta, porra!*

— Não tem ninguém aqui — disse Eric.

— *Vou mostrar pra vocês quem manda aqui, seus merdas!*

— Ah, por favor, *mostre* pra mim, senhor! — provocou Eric.

— Mas por que você disse isso? — perguntou Gloria.

— Poxa — comentou Eric —, só tô tentando concordar com ele.

— *Abre a porta ou vou arrombar!*

— Então melhor deixar você se esforçar pra isso — disse Louie. — Vamos ver o que você consegue fazer.

Escutaram o som de carne sendo forçada contra a porta. Dava para ver a porta dobrar e ceder.

— Você e a porra do seu mimeógrafo — repetiu Eric.

— Era uma máquina boa.

— Me ajuda a segurar a porta — pediu Eric.

Ficaram ali segurando a porta contra o peso. A porta enfraqueceu. Então escutaram outra vez.

— *Ei, que porra que tá acontecendo aqui?*

— *Vou dar uma lição nesses marginais, é isso que tá acontecendo!*

— *Se você quebrar a porta, vou chamar a polícia!*

— *O quê?*

Houve mais um empurrão e depois silêncio. Exceto pelas vozes.

— Tô na condicional por agressão. Talvez seja melhor eu ir com calma.

— É, esfria a cabeça, você não quer machucar ninguém.

— Mas eles estragaram meu mergulho.

— Tem coisas mais importantes que nadar, cara.

— É, tipo comer — disse Louie por trás da porta.

*BAM! BAM! BAM! BAM!*

— O que você quer? — perguntou Eric.

— *Escutem aqui! Se eu ouvir qualquer som de vocês, qualquer barulhinho, eu vou entrar!*

Eric e Louie ficaram em silêncio. Escutaram os homens gordos descendo as escadas.

— Acho que a gente daria conta deles — disse Eric. — Caras gordos são lentos. É fácil.

— É — concordou Louie —, acho que a gente daria conta deles. Tipo, se a gente quisesse muito.

— Acabou a cerveja — anunciou Gloria —, eu ia gostar de uma cerveja gelada. Tô completamente destruída.

— Ok, Louie — disse Eric —, vai lá pegar as cervejas, eu pago.

— Não — retrucou Louie —, você vai pegar. Eu pago.

— Eu pago — disse Eric — e Gloria vai.

— Ok — concordou Louie.

Eric deu o dinheiro e as instruções a Gloria, e eles abriram a porta para ela sair. A piscina estava vazia. Era uma agradável manhã californiana, enevoada, rançosa e monótona.

— Você e a porra do seu mimeógrafo — repetiu Eric.

— A revista é boa — comentou Louie —, tão boa quanto a maioria.

— Acho que você tá certo.

Então esperaram em pé e sentados, sentados e em pé, pelo retorno de Gloria com a cerveja.

# declínio e queda

Era uma tarde de segunda no The Hungry Diamond. Só havia duas pessoas lá, Mel e o bartender. Em uma tarde de segunda, Los Angeles é lugar nenhum — até em noite de sexta é lugar nenhum —, mas principalmente em tarde de segunda. O bartender, cujo nome era Carl, bebia algo que pegou embaixo do balcão, parado perto de Mel, que estava curvado de qualquer jeito sobre uma cerveja verde choca.

— Tenho que te contar um negócio — declarou Mel.

— Pode contar — disse o bartender.

— Bom, eu recebi um telefonema uma noite dessas, de um cara que trabalhava comigo em Akron. Ele perdeu o emprego de tanto beber e casou com uma enfermeira, que agora sustenta ele. Eu não sinto muita coisa por essas pessoas... mas sabe como é, gente é assim, acaba se pendurando em você.

— Sei — disse o bartender.

— Enfim, me ligaram... Ei, me dá outra cerveja, essa merda tá com um gosto péssimo.

— Ok, mas bebe essa mais rápido; começa a perder corpo depois de uma hora.

— Beleza... Aí eles disseram que tinham resolvido a falta de carne... Eu pensei: *Que falta de carne?*, e disseram pra eu ir visitar.

Eu não tinha nada pra fazer, então fui. Os Rams estavam jogando. Aí esse cara, Al, liga a TV pra gente assistir. Erica, que é o nome dela, tá lá na cozinha fazendo uma salada, e eu trouxe um engradado de seis cervejas... Eu digo oi, Al abre umas garrafas, a temperatura tá agradável, o forno ligado.

"Ah, é confortável. Parece que eles não brigam tem uns dias e as coisas estão calmas. Al fala qualquer coisa sobre Reagan e desemprego, mas não consigo responder... a coisa toda me dá tédio. Eu não tô nem aí se o país tá podre ou não, sabe, contanto que eu consiga me virar."

— Claro — respondeu o bartender, pegando mais uma bebida embaixo do balcão.

— Beleza. Ela sai da cozinha, senta e bebe a cerveja dela. Erica. A enfermeira. Ela diz que médicos tratam pacientes que nem gado. Ela diz que os filhos da puta dos médicos são todos corruptos. Que eles acham que a merda deles não fede. Que ela preferiria ter Al a qualquer médico no mundo. Agora, isso é uma coisa besta de se dizer, né?

— Eu não conheço Al — disse o bartender.

— Aí a gente lá jogando cartas e os Rams perdendo e, depois de algumas partidas, Al me diz: "Minha esposa é estranha, sabe. Ela gosta quando alguém assiste a gente transando". Ela diz: "Isso aí, é isso que me excita". E Al diz: "Mas é tão difícil arranjar alguém pra assistir. Parece algo muito fácil de achar, mas é difícil pra caramba".

"Eu não digo nada. Peço duas cartas e aumento dez centavos da aposta. Ela baixa as cartas na mesa e Al também baixa as dele, e os dois ficam de pé. Ela começa a ir pro outro lado do cômodo e Al vai atrás. Ele diz: 'Sua puta, sua puta desgraçada!'. Lá está o cara chamando a esposa de puta. 'Sua puta!', diz ele. Ele encurrala a esposa no canto e dá um tapa nela, rasga a blusa dela. 'Sua puta!', grita ele de novo, dá um tapa nela e a joga no chão. A saia dela rasga e ela esperneia e grita.

"Ele pega a esposa do chão e a beija, depois joga ela no sofá. Sobe nela, beijando e rasgando as roupas da mulher. Aí ele tira a calcinha dela e começa a trabalhar. Enquanto ele faz isso, ela me olha por baixo de tudo pra ver se eu tô assistindo. Quando ela vê que eu tô assistindo, começa a se debater que nem uma cobra. Eles vão com tudo, terminam o serviço; ela se levanta e vai pro banheiro, e Al vai à cozinha pegar mais cerveja. 'Valeu', diz ele na volta, 'você ajudou bastante.'"

— E aí aconteceu o quê? — perguntou o bartender.

— Ah, os Rams finalmente fizeram ponto e a TV fez bastante barulho. Ela sai do banheiro e entra na cozinha.

"Al começa com a história de Reagan de novo. Ele fala que é o início do Declínio e Queda do Ocidente, que nem Spengler disse*. Todo mundo é ganancioso e decadente, a decadência se instalou de vez. Ele fica nessa por um tempo.

"Aí Erica chama a gente pra copa, a mesa tá toda feita, e a gente se senta. Cheiro bom... um assado. Com umas fatias de abacaxi por cima. A carne parece um músculo dianteiro... Uma parte parece até um joelho. 'Al', digo, 'esse negócio parece até uma perna humana, a parte da coxa.' 'É exatamente isso', diz Al."

— Ele disse isso? — perguntou o bartender, pegando mais bebida embaixo do balcão.

— Sim — respondeu Mel. — E quando a pessoa escuta uma coisa dessas, não sabe bem o que achar. O que *você* ia achar?

— Eu ia achar — disse o atendente — que ele estava brincando.

---

* *A decadência do Ocidente*, do polímata Oswald Spengler (1880-1936), em que tratava da perda da hegemonia do Ocidente diante da emergência de outras potências. [*N.E.*]

— Claro. Então eu disse "Ótimo, me dá uma fatia boa". E foi o que Al fez. Tinha purê de batata e molho, pão quente e salada. Tinha azeitona recheada na salada. Al disse "Coloca um pouco de mostarda picante na carne, fica bom". Então eu coloquei. A carne não era ruim.

"'Olha, Al', disse, 'isso até que não é ruim. O que é isso?' 'Eu te disse, Mel', responde ele, 'é uma perna humana, a parte da coxa. É um menino de catorze anos que a gente achou pedindo carona em Hollywood Boulevard. A gente colocou ele pra dentro e deu comida. Ele assistiu eu e Erica transando por uns três ou quatro dias e a gente se cansou daquilo. Aí matamos ele, limpamos as vísceras, passamos pelo triturador de lixo e colocamos o garoto no freezer. É bem melhor que galinha, mas ainda prefiro bisteca.'"

— Ele disse isso? — perguntou o bartender, pegando outra bebida embaixo do balcão.

— Ele disse isso — respondeu Mel. — Me dá outra cerveja.

O bartender deu outra cerveja a Mel, que disse:

— Bom, eu ainda achava que ele tava brincando, sabe, então eu disse: "Beleza, deixa eu ver seu freezer". E Al respondeu: "Certo... vem aqui". Ele levantou a tampa, e lá estava o corpo, uma perna e meia, dois braços e a cabeça. Picotado. Parecia bem limpo, mas ainda assim o aspecto não era legal pra mim. A cabeça estava virada pra cima, olhando pra gente com olhos abertos e azuis. A língua saindo da boca, grudada no lábio de baixo.

"'Jesus Cristo, Al', disse a ele, 'você é um assassino... isso é inacreditável, que doentio!'

"'Vê se cresce', respondeu ele, 'matam milhões de pessoas em guerras e distribuem medalhas por isso. Metade das pessoas do mundo vão morrer de fome enquanto a gente fica sentado e assiste à TV.'

"Tô te dizendo, Carl, as paredes da cozinha começaram a girar, eu ficava vendo a cabeça, os braços, a perna fatiada... Tem algo de muito silencioso numa coisa assassinada, e, sei lá, às vezes a gente pensa que uma coisa assassinada vai continuar gritando.

"Enfim, fui até a pia da cozinha e comecei a vomitar. Vomitei por um bom tempo. Depois falei pra Al que tinha que sair dali. Você também ia querer sair de lá, Carl?"

— Rápido — respondeu Carl. — Bem rápido.

— Bom, Al foi pra frente da porta e disse: "Escuta... não foi assassinato. Nada é assassinado. Você só precisa se libertar das ideias que jogaram na gente pra ser um homem livre... *livre*, tá entendendo?".

"'Sai da frente da porra da porta, Al... Eu vou sair daqui!'

"Ele me agarrou pela camisa e começou a rasgar. Acertei ele na cara, mas ele continuou rasgando minha camisa. Bati nele de novo, de novo, mas ele não parecia sentir. Os Rams continuavam passando na TV. Dou um passo pra trás, e a esposa dele vem correndo, me agarra e começa a me beijar. Não sei o que fazer. Ela é uma mulher muito forte, poderosa. Ela sabe uns truques de enfermeira. Tento empurrar ela, mas não consigo. Os lábios dela nos meus, ela doida que nem ele. Começo a ficar de pau duro, não consigo evitar. A cara dela não é lá essas coisas, mas ela tem umas pernonas e uma bunda enorme e tá com um vestidinho justo. Ela tem gosto de cebola cozida e a língua é grossa e cheia de saliva, mas ela tá com um vestido novo... verde... e quando eu puxo o vestido pra cima vejo a anágua cor de sangue e fico muito excitado, e quando olho pro lado Al estava com o pau na mão assistindo.

"Joguei ela no sofá e a gente já foi transando, Al em pé bem perto, respirando forte. A gente fez juntos, um verdadeiro trio. Aí eu levantei e ajeitei minhas roupas. Fui ao banheiro e joguei água no rosto, penteei o cabelo e saí. Quando cheguei na sala, eles estavam sentados no sofá assistindo ao jogo. Al tinha aberto uma cerveja pra mim e eu sentei pra beber e fumei um cigarro. Aí acabou.

"Levantei e disse que tava indo embora. Eles deram tchau e Al me disse pra ligar qualquer hora que quisesse. Aí eu saí do apartamento e fui pra rua, entrei no carro e fui embora. E foi isso."

— Você não foi na polícia? — perguntou o bartender.

— Olha, Carl, é difícil, sabe... Eles meio que me adotaram na família. Não foi como se eles estivessem tentando esconder algo de mim.

— Pelo que eu tô vendo você é cúmplice de um assassinato.

— Mas o que eu fiquei pensando, Carl, é que essas pessoas não pareciam *ruins*. Eu já vi gente que desgostei muito mais e que nunca mataram. Sei lá, é muito confuso. Eu até penso naquele cara no freezer como se fosse um coelhão congelado...

O bartender puxou uma pistola Luger de debaixo do balcão e apontou pra Mel.

— Ok — disse ele. — Fica parado enquanto eu ligo pra polícia.

— Olha, Carl... isso não é coisa pra você decidir.

— O *caralho* que não é! Eu sou um cidadão! Desgraçados que nem vocês não podem sair por aí botando gente no freezer! Eu posso ser o próximo!

— Olha, Carl, olha pra mim! Quero te dizer uma coisa...

— Ok, fala aí.

— Foi tudo mentira.

— No caso, o que você me contou?

— Sim, foi mentira. Uma grande brincadeira. Peguei você. Agora guarda essa arma e desce um uísque com água pra nós dois.

— Essa história não foi mentira.

— Eu acabei de dizer que foi.

— Isso não foi mentira... tinha detalhe demais. Ninguém conta uma história assim. Não é brincadeira. Ninguém brinca assim.

— Tô dizendo que foi *mentira*, Carl.

— Não tem como eu acreditar nisso.

Carl estendeu a mão para a esquerda para puxar o telefone para perto de si. O telefone estava em cima do balcão. Quando Carl estendeu a mão para a esquerda, Mel pegou a garrafa de cerveja e bateu na cara dele. Carl derrubou a arma e segurou o rosto, e Mel pulou por cima do balcão, bateu nele de novo — dessa vez atrás da orelha —, e Carl caiu. Mel pegou a Luger, mirou com cuidado, apertou o gatilho uma vez, enfiou a arma numa sacola de papel de embrulho, pulou por cima do balcão de novo, saiu pela porta e chegou na rua. O parquímetro na frente do carro dele dizia "expirado", mas não havia nenhuma multa. Mel entrou no carro e foi embora.

# você já leu pirandello?

Minha namorada tinha sugerido que eu me mudasse da casa dela, uma casa grande, boa e confortável, com um quintal do tamanho de um quarteirão, com canos pingando, sapos, grilos e gatos. Enfim, dei o fora, como qualquer pessoa faria numa situação dessas — com honra, coragem e expectativas. Coloquei um anúncio num jornal alternativo:

> Escritor: precisando de um lugar onde o som de uma máquina de escrever seja mais bem-vindo que a trilha de risadas de *I Love Lucy*. Cem dólares por mês é bom. Privacidade é essencial.

Eu tinha um mês pra me mudar enquanto minha namorada estava no Colorado para a reunião anual da família dela. Eu ficava deitado na cama, esperando o telefone tocar. Finalmente tocou. Era um cara que queria que eu fosse babá dos três filhos dele toda vez que o "ímpeto criativo" tomasse conta dele ou da esposa. Hospedagem e alimentação grátis, e eu podia escrever toda vez que o ímpeto criativo *deixasse* os dois. Eu disse que ia pensar no assunto. O telefone tocou de novo duas horas depois.

— E aí? — perguntou ele.

— Não — falei.

— Ei — disse ele —, você conhece alguma mulher grávida que esteja com problemas?

Eu disse a ele que tentaria encontrar alguma e desliguei.

No dia seguinte o telefone tocou de novo.

— Li seu anúncio — disse ela. — Dou aula de ioga.

— É?

— Sim, dou aula de exercício e meditação.

— É?

— Você é escritor?

— Sim.

— Sobre o que você escreve?

— Ah, meu deus, não sei. Por pior que soe... acho que sobre a vida.

— Não soa ruim. Isso inclui sexo?

— A vida não inclui?

— Às vezes, sim. Às vezes, não.

— Entendi.

— Qual seu nome?

— Henry Chinaski.

— Você já foi publicado?

— Sim.

— Bom, tenho uma suíte que pode ser sua por cem dólares. Com entrada privativa.

— Parece bom.

— Você já leu Pirandello?

— Sim.

— Já leu Swinburne?

— Todo mundo leu.

— Já leu Herman Hesse?

— Sim, mas não sou homossexual.

— Você odeia homossexuais?

— Não, mas não os amo.

— E os negros?

— O que tem os negros?

— O que você acha deles?

— Acho ok.

— Você é preconceituoso?

— Todo mundo é.

— O que você acha que Deus é?

— Cabelo branco, barba comprida, sem pinto.

— O que você acha do amor?

— Não penso nisso.

— Você é um espertinho. Vou te passar meu endereço. Venha aqui me ver.

Peguei o endereço e fiquei deitado por mais uns dias, assistindo à novela de manhã e thrillers de espionagem à noite. Também via as lutas de boxe. O telefone tocou de novo. Era ela.

— Você não veio.

— Andei ocupado.

— Você tá apaixonado?

— Sim, tô escrevendo meu novo romance.

— Muito sexo?

— Em parte.

— Você é bom de cama?

— Homens gostam de achar que são. Eu devo ser bom, mas não ótimo.

— Você chupa buceta?

— Sim.

— Ótimo.

— O quarto ainda está disponível?

— Sim, é uma suíte. Você chupa buceta mesmo?

— Pra caralho. Mas hoje em dia todo mundo chupa. Estamos em 1982 e eu tenho sessenta e dois anos. Você consegue um homem trinta anos mais novo pra fazer o serviço. Provavelmente melhor.

— Você pode se surpreender.

Fui até a geladeira e peguei uma cerveja e um cigarro. Quando peguei o telefone de volta, ela ainda estava lá.

— Qual o seu nome? — perguntei.

Ela disse um nome chique que eu esqueci na mesma hora.

— Andei lendo suas coisas — disse ela. — Você é um escritor muito poderoso. Tem muita merda dentro de você, mas você tem um jeito de trabalhar as emoções das pessoas.

— Você tá certa. Eu não sou ótimo, mas sou diferente.

— Como você chupa uma mulher?

— Peraí...

— Não, me conta.

— Ah, é uma arte.

— É, sim.

— Como você começa?

— Com uma pincelada suave.

— Claro, claro. E depois que você começa?

— Ah, bom, existem técnicas...

— Que técnicas?

— O primeiro toque geralmente diminui a sensibilidade da área, então não tem como voltar ao serviço com a mesma eficácia.

— Do que você tá falando, porra?

— Você sabe do que eu tô falando.

— Você tá me deixando com tesão.

— É um papo clínico.

— É um papo erótico. Você tá me deixando com tesão.

— Não sei mais o que dizer.

— Aí o que um homem faz?

— Deixa o próprio prazer guiar a exploração. Toda vez é diferente.

— Como assim?

— Às vezes é meio nojento, às vezes é carinhoso, depende do que você estiver sentindo.

— Fala pra mim.

— Ah, tudo termina no grelo.

— Diz isso de novo.

— O quê?

— Grelo.

— Grelo, grelo, grelo...

— Você chupa? Morde?

— Claro.

— Você tá me deixando com tesão.

— Desculpa.

— Pode ficar com a suíte. Você gosta de privacidade?

— Já te disse.

— Me fala do meu grelo.

— Todos os grelos são diferentes.

— Aqui não está tão privado agora. Tão construindo um muro de contenção. Mas vão terminar daqui a uns dias. Você vai gostar daqui.

Peguei o endereço dela de novo, desliguei e fui pra cama. O telefone tocou. Fui até ele, peguei do gancho e trouxe comigo pra cama.

— Como assim todos os grelos são diferentes?

— Em relação ao tamanho e a reação aos estímulos.

— Você já encontrou algum que não conseguiu estimular?

— Ainda não.

— Olha, por que você não vem me ver agora?

— Meu carro é velho. Não vai conseguir subir o desfiladeiro.

— Pegue a rodovia e deixe o carro no estacionamento na saída de Hidden Hills. Te encontro lá.

— Ok.

Desliguei, me vesti e entrei no carro. Peguei a rodovia até a saída de Hidden Hills, achei o estacionamento e fiquei sentado esperando. Vinte minutos se passaram, e então uma mulher gorda de vestido verde apareceu de carro. Era um Caddy 1982 branco. Ela tinha prótese nos dentes da frente.

— É você? — perguntou ela.

— Sou eu.

— Jesus Cristo. Você não é lá essas coisas.

— Você também não é lá essas coisas.

— Beleza. Vem cá.

Saí do meu carro e entrei no dela. O vestido verde era bem curto. Na coxa gorda mais próxima de mim tinha uma tatuagenzinha que parecia ser um menino de recados em cima de um cachorro.

— Não vou te pagar nada — disse ela.

— Tudo bem.

— Você não parece um escritor.

— Sou grato por isso.

— Na verdade, você não tem cara de quem consegue fazer muita coisa...

— Tem muita coisa que não consigo fazer.

— Mas fala muita besteira no telefone. Eu estava me tocando sozinha. Você estava se tocando?

— Não.

Seguimos em silêncio depois disso. Eu ainda tinha dois cigarros, fumei os dois. Depois liguei o rádio dela e escutei música. A casa dela ficava numa curva comprida e as portas da garagem abriram assim que a gente chegou. Ela soltou o cinto e jogou os braços ao meu redor de repente. A boca parecia um pote aberto de nanquim vermelho. A língua apontou pra fora. Nos enroscamos no banco, presos ali. Aí acabou e saímos.

— Vem cá — disse ela.

Caminhei atrás dela por um caminho ladeado de arbustos de rosas.

— Não vou te pagar nada — repetiu ela. — Porra nenhuma.

— Tudo bem — falei.

Ela pegou a chave na bolsa, destrancou a porta, e eu a segui para dentro.

# movimentos pra lugar nenhum

Meg e Tony levaram a esposa dele ao aeroporto. Quando Dolly já estava voando, pararam no bar do aeroporto para beber. Meg pediu um uísque com refrigerante. Tony pediu um *scotch* com água.

— Sua esposa confia em você — comentou Meg.

— É — disse Tony.

— Me pergunto se eu posso confiar em você.

— Você não gosta de trepar?

— Essa não é a questão.

— Qual é a questão?

— A questão é que eu e Dolly somos amigas.

— *Nós* podemos ser amigos.

— Não desse jeito.

— Seja moderna. A modernidade é assim. As pessoas fazem swing. Sem inibição. Trepam no teto. Fodem cachorro, bebê, galinha, peixe...

— Eu gosto de escolher. Preciso ter carinho.

— Isso é brega pra caralho. O carinho já está incluso. Se você cultivar o carinho por tempo suficiente, logo, logo começa a achar que é amor.

— Ok, qual o problema com o amor, Tony?

— Amor é uma forma de preconceito. Você ama o que você precisa, você ama o que te faz se sentir bem, você ama o que é conveniente. Como você pode dizer que ama uma pessoa se tem dez mil pessoas no mundo que você amaria mais se as conhecesse? Mas você nunca vai conhecer nenhuma delas.

— Beleza, então a gente faz o melhor que pode.

— Certo. Mas mesmo assim a gente precisa entender que amor é só o resultado de um encontro por acaso. A maioria das pessoas dão importância demais a isso. Tendo isso em mente, uma boa trepada não pode ser totalmente desprezada.

— Mas isso também é resultado de um encontro por acaso.

— Você tá certa pra caralho. Vira esse aí. A gente pede mais um.

— A sua estratégia é boa, Tony, mas não vai funcionar.

— Bom — disse Tony, gesticulando para o barman —, também não vou lamentar por isso...

Era uma noite de sábado e ambos voltaram para a casa de Tony e ligaram a TV. Não tinha muita coisa passando. Beberam um pouco de Tuborg e conversaram por cima do barulho da programação.

— Você já ouviu aquela história — quis saber Tony — sobre cavalos serem inteligentes demais pra apostar em gente?

— Não.

— Bom, enfim, é um ditado. Você não vai acreditar, mas eu tive um sonho uma noite dessas. Eu estava no estábulo, e um cavalo veio me pegar. Tinha um macaco com os braços e as pernas em volta de mim, fedendo a vinho barato. Eram seis da manhã, e um vento gelado soprava das montanhas San Gabriel. Ainda por cima tinha neblina. Me botaram pra fazer seiscentos metros em cinquenta e dois segundos sem dificuldade. Depois foram trinta minutos de trote e me levaram de volta pro celeiro. Um cavalo me deu dois ovos cozidos, toranja, torrada e leite. Depois eu estava numa corrida. As arquibancadas cheias de cavalos. Parecia ser um sábado. Minha corrida era a quinta. Cheguei em primeiro lugar e rendi trinta e dois dólares e quarenta cents. Que sonho, né?

— Vou te dizer — disse Meg. Ela cruzou as pernas. Estava de minissaia, mas sem meia-calça. As botas cobriam as panturrilhas. As coxas expostas e fartas. — Que sonho mesmo, hein.

Trinta anos. O batom brilhava de leve nos lábios dela. Cabelo castanho, bem escuro e comprido. Sem pó nem perfume. Nenhuma impressão digital registrada. Nascida na parte norte do Maine. Cinquenta e cinco quilos.

Tony se levantou e pegou mais duas garrafas de cerveja. Quando ele voltou, Meg disse:

— Um sonho estranho, mas muitos sonhos são assim. É quando coisas estranhas acontecem na vida real que a gente fica pensando...

— Tipo?

— Tipo meu irmão Damion. Ele tá sempre mexendo com livros... misticismo, ioga, a porra toda. Se você encontrasse ele em algum lugar, era bem possível ele estar de cabeça pra baixo só de short... Ele até conseguiu fazer umas viagens pro Oriente... Índia e um outro lugar aí. Voltou quase doido e com a cara chupada, pesando uns trinta e cinco quilos. Mas continuou. Conheceu esse cara, Ram Da Beetle, alguma coisa assim. Ram Da Beetle tem uma tenda enorme lá em San Diego e cobra cento e setenta e cinco dólares de cada otário por um seminário de cinco dias. A tenda fica num penhasco acima do mar. A dona do terreno é uma moça velha com quem ele dorme. Ela que deixa ele usar. Damion diz que Ram Da Beetle deu a revelação final de que ele precisava. Que era chocante. Eu tava morando num apartamentinho em Detroit e ele veio mostrar qual era o choque pra mim...

Tony olhou mais para cima das pernas de Meg e disse:

— O choque de Damion? Qual era o choque?

— Ah, ele só *apareceu*, sabe...

Meg pegou a Tuborg dela.

— Ele veio te visitar — concluiu Tony.

— Pode-se dizer que sim. Ok, em termos simples: Damion consegue desmaterializar o corpo dele.

— Ah, é? E aí, o que acontece?

— Ele aparece em outro lugar.

— Desse jeito?

— Desse jeito.

— Distâncias longas?

— Ele veio de lá da Índia pra Detroit, pro meu apartamento em Detroit.

— Quanto tempo demorou?

— Sei lá. Uns dez segundos, talvez.

— Dez segundos... hmmmm.

Ficaram ali olhando um pro outro. Meg estava no sofá, e Tony de frente para ela.

— Olha, Meg, você me dá tesão. Minha esposa nunca iria descobrir.

— Não, Tony.

— Onde seu irmão está agora?

— Ele ficou com meu apartamento em Detroit. Trabalha numa loja de sapato.

— Olha só, por que ele não entra num cofre de banco, pega o dinheiro e vaza daqui? Ele pode usar os dons dele. Por que trabalhar numa loja de sapato?

— Ele diz que esse dom não pode ser usado pra promover os propósitos do mal.

— Entendi. Olha, Meg, vamos esquecer seu irmão.

Tony foi até o sofá e se sentou ao lado de Meg.

— Sabe, Meg, o que *é* o mal e o que nós somos *ensinados* que é o mal podem ser coisas bem diferentes. A sociedade ensina que certas coisas são malignas pra nos manter subservientes.

— Tipo roubar bancos?

— Tipo trepar sem passar pelos trâmites apropriados.

Tony agarrou Meg e a beijou. Ela não resistiu. Ele a beijou de novo. A língua de Meg deslizou para a boca de Tony.

— Eu ainda acho que a gente não devia fazer isso, Tony.

— Você me beija como se quisesse.

— Tem meses que não tenho um homem, Tony. É difícil resistir, mas eu e Dolly somos amigas. Odeio fazer isso com ela.

— Você não vai estar fazendo isso com ela, vai estar fazendo comigo.

— Você sabe do que eu estou falando.

Tony a beijou de novo. Dessa vez um beijo longo e profundo. Os corpos pressionados um contra o outro.

— Vamos pro quarto, Meg.

Ela o seguiu até lá. Tony começou a tirar a roupa, jogando as peças em uma cadeira. Meg entrou no banheiro, perto do quarto. Sentou e mijou com a porta aberta.

— Eu não quero engravidar e não tomo pílula.

— Não se preocupe.

— Não se preocupe por quê?

— Eu sou operado.

— Vocês, homens, sempre dizem isso.

— É verdade, fiz vasectomia.

Meg se levantou e deu descarga.

— E se você quiser um bebê um dia?

— Eu não quero um bebê um dia.

— Eu acho horrível um homem se operar.

— Ah, pelo amor de deus, Meg, para de moralizar e vem pra cama.

Meg entrou pelada no quarto.

— Assim, Tony, eu meio que acho que é um crime contra a natureza.

— E aborto? É um crime contra a natureza também?

— Claro. É assassinato.

— E camisinha? E masturbação?

— Ah, Tony, não é a mesma coisa.

— Vem pra cama antes que a gente morra de velhice.

Meg foi pra cama, e Tony a agarrou.

— Ah, você é boa de pegar. Parece borracha cheia de ar...

— Onde você arranjou essa coisa, Tony? Dolly nunca me falou disso... é enorme!

— Por que ela te falaria?

— Você tá certo. Só mete essa porcaria em mim!

— Espera um pouco, espera!

— Vamos, eu quero!

— Mas e Dolly? Você acha que vai ser a coisa a certa a se fazer?

— Ela está de luto pela mãe moribunda! Ela não pode usar isso aí! Mas eu posso!

— Beleza! Beleza!

Tony subiu nela e meteu.

— Isso, Tony! Agora mexe, mexe!

Tony mexeu. Devagar e sempre, como o pistão de uma bomba de óleo. *Flub, flub, flub, flub.*

— Ah, seu filho da mãe! Ah, meu deus, seu filho da mãe!

— *Certo, Meg! Retira-te desta cama! Cometes um crime contra a decência e a confiança!*

Tony sentiu uma mão no ombro e depois se sentiu ser puxado para trás. Ele rolou para o lado e olhou para cima. Havia um homem de pé ali, de camisa verde e calça jeans.

— Escuta aqui — disse Tony —, que porra você tá fazendo na minha casa?

— É o Damion! — falou Meg.

— *Cobre-te, irmãzinha! A vergonha ainda irradia de teu corpo!*

— Olha aqui, filho da puta — respondeu Tony da cama.

Meg estava no banheiro se vestindo.

— Desculpa, Damion! Desculpa!

— Percebi que cheguei de Detroit na hora certa — disse Damion. — Mais uns minutos e seria tarde demais.

— Mais dez segundos — rebateu Tony.

— Você deveria se cobrir também, homem — ordenou Damion, olhando para Tony.

— Filho da... — disse Tony. — Acontece que eu *moro* aqui. Eu não sei *quem* deixou você entrar. Mas acho que se eu quiser ficar aqui com as bolas de fora, é direito meu.

— Adiante, Meg — instou Damion. — Vou te tirar deste ninho de pecado.

— Escuta, seu filho da... — disse Tony, se levantando e vestindo o short. — Sua irmã queria e eu queria, então são dois votos contra um.

— Tchau, tchau — prosseguiu Damion.

— Tchau, tchau, nada — disse Tony. — Ela tava quase gozando e eu tava quase gozando, e você chegou invadindo e interferindo numa decisão democrática decente, interrompendo uma boa e velha trepada!

— Pegue suas coisas, Meg! Vou te levar para casa imediatamente!

— Sim, Damion!

— Eu tô com uma vontade de te arrebentar, seu empata-foda!

— Por favor, contenha-se. Eu abomino violência!

Tony tentou socá-lo, mas Damion sumiu.

— Aqui, Tony.

Ele estava em pé perto da porta do banheiro.

Tony correu até Damion, que sumiu de novo.

— Aqui, Tony.

Estava em pé na cama, de sapato e tudo.

Tony correu pelo quarto, saltou, não encontrou nada, voou por cima da cama e caiu no chão. Levantou e olhou ao redor.

— Damion? Ah, Damion, seu Super-Homem de latão barato, cadê você? Ah, Damion! Aqui, Damion! Vem cá, Damion!

Tony sentiu o golpe atrás do pescoço. Houve um clarão vermelho e o som distante de uma trombeta. Então ele caiu no tapete.

Foi o telefone que o trouxe de volta à consciência algum tempo depois. Ele conseguiu alcançar a mesinha onde ficava o aparelho, tirou do gancho e desmoronou na cama.

— Tony?

— Sim?

— É Tony?

— Sim.

— É Dolly.

— Oi, Dolly, o que é que manda, Dolly?

— Não faz graça, Tony. Mamãe morreu.

— Mamãe?

— Sim, minha mãe. Essa noite.

— Sinto muito.

— Volto depois do funeral.

Tony desligou. Avistou o jornal no chão. Pegou e o abriu. A Guerra das Malvinas seguia em curso. Os dois lados denunciaram violações disso e daquilo. Os tiros continuavam. O inferno da guerra nunca ia acabar?

Tony se levantou e foi até a cozinha. Achou salame e salsicha de fígado na geladeira. Fez um sanduíche com mostarda picante, picles, cebola e tomate. Achou uma última garrafa de Tuborg. Bebeu a Tuborg e comeu o sanduíche na mesa da copa. Depois acendeu um cigarro e ficou ali pensando, bom, talvez a velha tenha deixado um dinheirinho, seria legal, seria legal pra caramba. Um homem merecia um pouco de sorte depois de uma noite dura dessas.

# que mãe

A mãe de Eddie tinha dentes de cavalo e eu também. Certa vez, estávamos subindo uma ladeira juntos a caminho da mercearia e ela disse:

— Henry, nós dois precisamos de aparelho nos dentes. Estamos horríveis!

Eu subi a ladeira orgulhosamente com ela, e ela estava com um vestido justo de estampa florida amarela, salto alto nos pés. Caminhava e os saltos faziam *clap, clap, clap* no cimento. Pensei: Estou caminhando com a mãe de Eddie e ela está caminhando comigo e estamos subindo a ladeira juntos. Isso foi tudo — entrei para comprar um pacote de pão para os meus pais e ela comprou as coisas dela. Isso foi tudo.

Eu gostava de ir na casa de Eddie. A mãe dele sempre se sentava numa cadeira com um drinque na mão e cruzava as pernas lá no alto e dava para ver onde a meia-calça terminava e a pele começava. Eu gostava da mãe de Eddie, ela era uma lady de verdade. Quando eu entrava, ela dizia:

— Oi, Henry!

Sorria e não puxava a saia para baixo. O pai de Eddie me cumprimentava também. Ele era um cara grande e também ficava sentado com um drinque na mão. Não era fácil achar emprego em 1933 e, além do mais, o pai de Eddie não podia trabalhar. Ele havia sido aviador na Primeira Guerra Mundial, e o avião dele tinha sido abatido. Tinha ferros nos braços em vez de ossos, então ficava sentado lá e bebia com a esposa. Era escuro lá onde eles bebiam, mas a mãe dele ria muito.

Eddie e eu fazíamos modelos de avião de madeira barata. Não voavam, mas os movimentávamos pelo ar com nossas mãos. Eddie tinha um Spad e eu tinha um Fokker*. A gente tinha visto o filme *Anjos do inferno*, com Jean Harlow. Eu não achava Jean Harlow mais sexy que a mãe de Eddie. É claro que eu não falava com Eddie sobre a mãe dele. Aí eu percebi que Eugene começou a aparecer mais. Eugene era outro cara que tinha um Spad, mas eu podia falar sobre a mãe de Eddie com ele. Quando tínhamos oportunidade. Nós tínhamos boas batalhas aéreas — dois Spads contra um Fokker. Eu dava o melhor de mim, mas na maioria das vezes era abatido. Sempre que eu acabava em uma situação muito ruim, eu fazia uma manobra de Immelman. A gente lia revistas aéreas antigas, a *Flying Aces* era a melhor de todas. Eu até escrevi umas cartas pro editor, que ele respondeu. A Immelman, escreveu ele, era quase impossível. A tensão nas asas era grande demais. Mas às vezes eu tinha que usar essa manobra, principalmente quando tinha um cara na minha cola. Geralmente a manobra arrancava minhas asas e eu tinha que sair da brincadeira.

Em toda oportunidade que tínhamos longe de Eddie, a gente falava da mãe de Eddie.

— Jesus, ela tem *aquelas* pernas.

— E não se importa de mostrar.

— Cuidado, Eddie tá vindo.

---

* Dois modelos de avião de caça usados na Primeira Guerra Mundial. Spad S.XIII era o caça francês, cujo maior rival era o Fokker D.VII, o caça alemão. [*N.E.*]

Eddie não tinha ideia de que a gente estava falando da mãe dele daquele jeito. Eu tinha um pouco de vergonha, mas não conseguia parar. Eu definitivamente não gostaria que ele pensasse na minha mãe daquele jeito. Mas é claro que minha mãe não era como a dele. A mãe de ninguém era como a dele. Talvez os dentes de cavalo tivessem algo a ver com isso. Assim, olhando pra cima você veria os dentes de cavalo, meio amarelados, aí olhando pra baixo você veria aquelas pernas cruzadas lá no alto, um pé balançando e chutando. Sim, eu também tinha dentes de cavalo.

Bom, Eugene e eu continuamos indo lá e participando das batalhas aéreas, e eu continuei fazendo minhas Immelmans, e minhas asas continuaram rasgando no processo. Mas a gente tinha outra brincadeira, da qual Eddie participava também. Nessa, éramos pilotos de acrobacias e de corrida. A gente saía e se arriscava bastante, mas de alguma forma a gente sempre conseguia voltar. Frequentemente, pousávamos nas áreas da frente de nossas casas. Cada um tinha uma casa e cada um tinha uma esposa, e nossas esposas estavam nos esperando. Descrevíamos como nossas esposas estavam vestidas. Elas não usavam muita roupa. A de Eugene era a que usava menos. Inclusive, ela usava um vestido com um buraco enorme na frente. Ela ia recebê-lo na porta assim. Minha esposa não era tão ousada, mas não usava muita coisa também. Todo mundo fazia amor o tempo todo. Nós fazíamos amor com nossas esposas o tempo todo. Elas não se saciavam. Quando saíamos para fazer acrobacias e corridas e arriscar nossas vidas, elas ficavam em nossas casas esperando a gente chegar. E elas amavam só a gente, não amavam mais ninguém. Às vezes, a gente tentava esquecer delas e voltava para as batalhas aéreas. Era como Eddie dizia: quando a gente falava de mulher, a gente só ficava deitado na grama e não fazia mais nada. O máximo que a gente fazia era quando Eddie dizia:

— Ei, olha o que eu tenho!

E aí eu virava de barriga para cima e mostrava o meu e Eugene mostrava o dele. É assim que se passavam a maior parte das nossas tardes. A mãe e o pai de Eddie ficavam lá dentro bebendo e às vezes a gente ouvia a mãe de Eddie rir.

Um dia, Eugene e eu chegamos e gritamos por Eddie, mas ele não saiu.

— Ei, Eddie, pelo amor de deus, vem aqui fora!

Eddie não veio.

— Tem algo errado lá dentro — disse Eugene. — Certeza que tem algo errado lá dentro.

— Talvez alguém tenha sido assassinado.

— É melhor a gente ir olhar.

— Você acha que devemos?

— Devemos, sim.

A porta dos fundos abriu, e entramos. Estava escuro como sempre. Aí escutamos uma única palavra:

— *Merda!*

A mãe de Eddie estava deitada na cama, bêbada. As pernas estavam lá em cima e o vestido também. Eugene segurou meu braço.

— Jesus, olha aquilo!

Era bom de olhar, meu deus como era bom de olhar, mas eu estava muito assustado pra curtir. E se alguém entrasse e pegasse a gente olhando? O vestido lá em cima e ela bêbada, as coxas expostas, quase dava pra ver a calcinha.

— Vamos, Eugene, vamos embora daqui!

— Não, vamos olhar. Quero olhar pra ela. Olha o que está à mostra!

Aquilo me lembrava da vez em que eu estava pedindo carona e uma mulher aceitou. A saia dela lá na cintura, bom, quase lá na cintura. Eu desviava e olhava, estava com medo. Ela só conversou comigo enquanto eu olhava pelo para-brisa e respondia as perguntas. "Pra onde você está indo?" "Dia bonito, né?" Mas eu estava com medo. Não sabia o que fazer, mas tinha medo de fazer e me encrencar, de ela gritar ou chamar a polícia. Então às vezes eu olhava e depois desviava o olhar. Finalmente ela me deixou no destino.

Eu tinha medo no caso da mãe de Eddie também.

— Escuta, Eugene, eu vou embora.

— Ela está bêbada, nem sabe que estamos aqui.

— Filho da puta foi embora — disse ela, da cama. — Foi embora e levou o menino, meu bebê...

— Ela tá falando — comentei.

— Ela tá apagada — disse Eugene —, não sabe de nada.

Ele foi até a cama.

— Olha isso.

Ele pegou a saia dela e puxou mais para cima. Puxou até dar para ver a calcinha. Era rosa.

— Eugene, eu vou embora!

— Covarde!

Eugene ficou ali, olhando para as coxas e a calcinha dela. Ele ficou ali por um bom tempo. Aí ele tirou o pau pra fora. Escutei a mãe de Eddie gemer. Ela se mexeu um pouco na cama. Eugene chegou mais perto. Aí ele encostou a ponta do pau na coxa dela. Ela gemeu de novo. Aí Eugene gozou. Ele jogou esperma na coxa dela toda e parecia ter bastante. Dava pra ver escorrendo pela perna dela. Aí a mãe de Eddie disse:

— *Merda!*

E se sentou de repente na cama. Eugene correu na minha frente e saiu pela porta e eu virei e corri também. Eugene esbarrou na geladeira na cozinha, quicou e pulou pra fora pela porta dos fundos. Fui atrás dele e descemos a rua. Corremos até a minha casa, entramos na garagem e fechamos as portas.

— Você acha que ela viu a gente? — perguntei.

— Não sei, eu gozei na calcinha rosa dela.

— Você é maluco. Por que você fez aquilo?

— Eu fiquei com tesão. Não consegui evitar. Não consegui me impedir.

— A gente vai pra cadeia.

— Você não fez nada. Eu gozei na perna dela.

— E eu fiquei assistindo.

— Olha — disse Eugene —, acho que vou pra casa.

— Tá certo, vai lá.

Acompanhei enquanto ele foi até a calçada e atravessou a rua até a casa dele. Saí da garagem. Entrei pela área de trás da minha casa e fui pro meu quarto, me sentei e esperei. Não tinha ninguém em casa. Entrei no banheiro, tranquei a porta e pensei na mãe de Eddie deitada na cama daquele jeito. Mas imaginei que eu tirava a calcinha rosa dela e colocava dentro. E ela gostava...

Esperei o resto da tarde e esperei durante o jantar que algo acontecesse, mas nada aconteceu. Fui pro meu quarto depois do jantar, me sentei e esperei. Aí deu a hora de ir dormir e eu me deitei na cama esperei. Escutei meu pai roncar no quarto ao lado e esperei. Depois dormi.

O dia seguinte era um sábado, e eu vi Eugene na área da frente da casa dele com uma pistola de airsoft. Tinha duas palmeiras altas na frente da casa de Eugene, e ele estava tentando matar alguns dos pardais que viviam nelas. Já tinha pegado dois. Eles tinham três gatos, e toda vez que um pardal caía no chão, debatendo as asas, um dos gatos corria e abocanhava o bicho.

— Não aconteceu nada — falei pra Eugene.

— Se não aconteceu até agora, não acontece mais — disse ele. — Eu devia ter trepado com ela. Me arrependo agora de não ter trepado com ela.

Ele pegou outro pardal e o pássaro caiu. Um gato cinza bem gordo com olhos verde-amarelados abocanhou ele do chão e sumiu por trás da cerca viva. Eu atravessei a rua de volta pra minha casa. Meu coroa estava esperando no gramado da frente. Parecia irritado.

— Olha, eu quero que você vá se ocupar cortando a grama! *Agora!*

Fui até a garagem e peguei o cortador. Primeiro cortei na entrada de carros, depois fui para o gramado da frente. O cortador estava rígido e velho, o trabalho era duro. Meu coroa ficou ali, com uma expressão raivosa, me observando enquanto eu empurrava o cortador pela grama emaranhada.

# lamento vagabundo

O poeta Victor Valoff não era muito bom. Ele tinha reputação na área, era apreciado pelas mulheres e apoiado pela esposa. Fazia muitos recitais abertos em livrarias locais e podia ser escutado frequentemente na Estação Pública de Rádio. Ele lia em voz alta e dramática, mas o tom nunca variava. Victor estava sempre no clímax. Acho que é isso que atraía as mulheres. Alguns dos versos dele, separadamente, pareciam ter poder, mas quando se olhava os versos como um todo, dava para perceber que Victor não dizia nada, mas dizia alto.

Mas Vicki, como a maioria das mulheres, facilmente seduzida por imbecis, insistiu em escutar Valoff recitar. Era uma sexta-feira quente em uma livraria feminista-lésbica-revolucionária. Sem taxa de entrada. Valoff lia de graça. E haveria uma mostra com o trabalho artístico dele depois do recital. O trabalho artístico de Valoff era muito moderno. Uma ou duas pinceladas, geralmente vermelhas, e um trecho de epigrama com uma cor contrastante. E algo muito sábio escrito, como:

Verdes céus, voltem para mim,<br>
Meu pranto é cinza, cinzas, cinza, cinzas...

Valoff era inteligente. Sabia brincar com cinzas.

Fotos de Tim Leary penduradas pelo espaço. Cartazes de DESTITUAM REAGAN. Os cartazes não me incomodavam. Valoff se levantou e foi até o tablado, com meia garrafa de cerveja na mão.

— Olha — disse Vicki —, olha o rosto dele! Como ele sofreu!

— Sim — falei —, e agora quem vai sofrer sou eu.

Valoff tinha um rosto bastante interessante — em comparação com a maioria dos poetas. Mas, em comparação com a maioria dos poetas, todo mundo tem.

Victor Valoff começou:

"Ao leste do Suez do meu coração
começa um zumbido zumbindo zumbindo
atroz assim, atroz ainda
e de súbito o sol volta ao lar
corre reto como um
*quarterback* esquivo na linha de uma jarda
do meu coração!"

Victor gritou no último verso e, quando o fez, alguém perto de mim disse "lindo!". Era uma poeta feminista da área que tinha cansado de negros e agora trepava com um doberman no quarto. O cabelo vermelho estava numa trança, os olhos vazios, ela tocava um bandolim enquanto lia o próprio trabalho, cuja maior parte tinha a ver com a pegada de um bebê morto na areia. Ela era casada com um médico que nunca aparecia (pelo menos ele tinha o bom senso de não comparecer a recitais de poesia). Ele dava uma boa ajuda de custo para financiar a poesia dela e alimentar o doberman.

Valoff continuou:

"Piers e patos e dias derivativos
Fermentam por trás de minha testa
sem nenhum perdão
ah, sem nenhum perdão.
Eu nado em luz e escuridão..."

— Tenho que concordar com ele nessa — falei para Vicki.
— Por favor, fique quieto — respondeu ela.

"Com mil pistolas e mais
mil esperanças
chego à varanda de minha mente
para assassinar mil papas!"

Peguei minha cerveja, abri e dei um bom gole.
— Olha — disse Vicki —, você sempre fica bêbado nesses recitais. Não consegue se segurar?
— Eu fico bêbado nos meus próprios recitais — falei. — Também não suporto minhas coisas.
— *Piedade pegajosa* — prosseguiu Valoff — *é o que somos, piedade pegajosa, piedade pegajosa, tão pegajosa, tão pegajosa...*
— Ele vai dizer algo sobre um corvo — falei.
— *Piedade pegajosa* — continuou Valoff — *e o corvo nunca mais...*
Eu ri. Valoff reconheceu a risada. Olhou para mim.
— Senhoras e senhores — disse ele —, no público desta noite temos o poeta Henry Chinaski.
Chiados pelo salão. Me conheciam.
— Porco machista!
— Bêbado!
— Filho da puta!
Peguei mais uma bebida.

— Por favor, continue, Victor — falei.
Ele continuou:

"...condicionado sob a corcunda da bravura
o iminente irrisório retângulo sem valor é
nada mais que um gene em Gênova
um quadrigêmeo Quetzalcóatl
e a chinesa* grita agridoce e bárbara
em seu regalo!"

— Que lindo — disse Vicki —, mas do que ele está falando?
— De chupar buceta.
— Imaginei. Ele é um homem lindo.
— Espero que ele chupe buceta melhor do que escreve.

"lamento, jesus, meu lamento
aquele lamento vagabundo
estrelas e listras de lamento
cachoeiras de lamento
marés de lamento
lamento com desconto
por toda parte..."

— "Lamento vagabundo" — falei. — Gostei disso.
— Ele parou de falar de chupar buceta?
— Sim, agora tá dizendo que não tá se sentindo muito bem.

"...uma dúzia e um quebrado, primo primado,
deixa entrar a estreptomicina

* *Chink*, no original, é um termo pejorativo e ofensivo usado para se referir a pessoas de ascendência asiática, mais comumente chineses. [*N.E.*]

e, oportuna, engole meu
estandarte
sonho o plasma festivo
pelo couro agitado..."

— Agora ele tá falando o quê? — perguntou Vicki.
— Que tá se preparando pra chupar buceta de novo.
— De novo?

Victor leu um pouco mais e eu bebi um pouco mais. Depois ele pediu um intervalo de dez minutos, e o público subiu no tablado e se amontoou ao redor do palanque. Vicki também subiu. Estava quente lá dentro, e eu saí para me refrescar. Tinha um bar a meio quarteirão de distância. Peguei uma cerveja. Não estava muito cheio. Tinha um jogo de basquete passando na TV. Assisti ao jogo. É óbvio que não ligava para quem ganhasse. Meu único pensamento era, meu deus, eles correm pra cima e pra baixo, pra cima e pra baixo. Com certeza as coquilhas estão encharcadas e os cus fedidos. Tomei outra cerveja e voltei para o buraco poético. Valoff já estava recitando novamente. Conseguia escutar a voz dele a meio quarteirão de distância.

"Engasgue, Columbia, e os cavalos mortos de
minh'alma
me cumprimentam nos portões
me cumprimentam dormindo, historiadores
encaram esse Passado mais terno
saltado por
sonhos de gueixa, perfurado pela
importunação!"

Achei meu assento ao lado de Vicki.
— O que ele está dizendo agora? — perguntou ela.

— Não muito. Basicamente que não consegue dormir à noite. Ele precisa arranjar um emprego.

— Ele tá dizendo que precisa arranjar um emprego?

— Não, eu que tô dizendo.

"...o lemingue e a estrela cadente são
irmãos, o desafio do lago
é o El Dorado do meu
coração. venha arrancar minha cabeça, arrancar meus
olhos, dê-me uma surra de delfins..."

— E agora, o que ele tá dizendo?

— Que precisa que uma mulher gorda quebre ele no chute.

— Não vem com graça. Ele diz isso mesmo?

— Nós dois dizemos.

"...eu podia comer o vazio,
podia descarregar cartuchos de amor no escuro
podia implorar à Índia pela sua morta vegetação
recessiva..."

Bem, Victor falou, falou e falou. Uma pessoa sã levantou e foi embora. O resto de nós ficou.

"...eu digo, arraste os deuses mortos pelas
gramas ásperas!
digo que a palma é lucrativa
digo olhe, olhe, olhe
ao nosso redor:
todo amor é nosso
toda vida é nossa

o sol é nosso cão de coleira
não há nada que possa nos derrotar!
foda-se o salmão!
só precisamos alcançar,
só precisamos nos arrastar para fora de
óbvios túmulos,
a terra, a poeira,
a esperança quadriculada de enxertos iminentes em nossos
sentidos. Não temos nada a tomar e nada a
entregar, só precisamos
começar, começar, começar...!"

— Muito obrigado — disse Victor Valoff — por estarem aqui.

O aplauso foi retumbante. Sempre aplaudiam. Victor era imenso em sua glória. Ele levantou a mesma garrafa de cerveja. Até corou. Depois arreganhou os dentes, um sorriso bem humano. As mulheres amaram. Dei um último gole na minha garrafa de uísque.

Juntaram-se ao redor de Victor. Ele estava distribuindo autógrafos e respondendo perguntas. Sua mostra artística seria o próximo evento. Consegui tirar Vicki de lá, e caminhamos pela rua até o carro.

— Ele lê de um jeito poderoso — disse ela.

— Sim, ele tem uma voz boa.

— O que você acha do trabalho dele?

— Acho puro.

— Acho que você tá com inveja.

— Vamos parar aqui e tomar alguma coisa — falei. — Tem um jogo de basquete passando.

— Beleza — disse ela.

Tivemos sorte. O jogo ainda estava rolando. Sentamo-nos.

— Ai, ai — disse Vicki —, olha as pernas compridas desses caras!

— Agora, sim — falei. — Vai querer o quê?

— *Scotch* escocês com refrigerante.

Pedi dois uísques com refrigerante e assistimos ao jogo. Aqueles caras corriam pra cima e pra baixo, pra cima e pra baixo. Incrível. Pareciam animados com alguma coisa. O lugar estava quase vazio. Parecia a melhor parte daquela noite.

# não exatamente bernadette

Enrolei a toalha no meu pau ensanguentado e liguei para o consultório médico. Com uma mão, tirei o telefone do gancho e o apoiei na mesa para conseguir discar e segurar a toalha com a outra. Enquanto discava, uma mancha vermelha começou a se espalhar pela toalha. A recepcionista atendeu.

— Ah, sr. Chinaski, o que foi agora? Seus tampões de ouvido se perderam lá dentro de novo?

— Não, o caso é um pouco mais sério. Preciso de uma consulta logo.

— Que tal amanhã às quatro da tarde?

— Srta. Simms, é uma emergência.

— Qual é a natureza da emergência?

— Por favor, preciso ver o médico *agora.*

— Certo. Venha e vamos tentar encaixar o senhor.

— Obrigada, srta. Simms.

Improvisei um curativo temporário rasgando um pedaço de uma camisa limpa e enrolando no meu pênis. Por sorte tinha um pouco de durex, mas já estava velho e amarelado e não colou muito bem. Foi complicado vestir a calça. Parecia que eu estava com uma ereção gigante. Só consegui subir o zíper até certo ponto. Fui até meu carro, entrei e dirigi até a clínica. Quando saí do carro no estacionamento, deixei duas velhas senhoras que saíam do optometrista no andar de baixo em choque. Consegui entrar no elevador sozinho e fui até o terceiro andar. Vi alguém vindo no corredor, virei de costas e fingi que estava bebendo água no bebedouro. Depois, fui até o fim do corredor e entrei na clínica. A sala de espera estava cheia de gente sem problemas de verdade – gonorreia, herpes, sífilis, câncer etecetera e tal. Fui até a recepcionista.

— Ah, sr. Chinaski...

— Por favor, srta. Simms, sem *piada*! Isto *é* uma emergência, garanto. Ande logo!

— O senhor pode entrar assim que o doutor terminar com o paciente que está lá dentro.

Fiquei em pé perto da divisória que separava a recepcionista do resto de nós e esperei. Assim que o paciente saiu, corri para o consultório.

— Chinaski, qual é o caso?

— Emergência, doutor.

Tirei sapato e meia, calça e calção e me joguei na maca.

— O que tem aí? É um curativo grande.

Não respondi. Fechei os olhos e senti o médico puxando o curativo.

— Sabe... — falei. — Conheci essa garota em uma cidadezinha. Estava no início da adolescência e foi brincar com uma garrafa de Coca-Cola. A garrafa prendeu lá e ela não conseguiu tirar. Teve que ir ao médico. Sabe como é cidade pequena. A notícia correu. A vida dela foi arruinada. Ela foi excluída. Ninguém encostava nela. A menina mais bonita da cidade. Depois se casou com um anão cadeirante que tinha um tipo de paralisia.

— Isso é coisa antiga — disse meu médico, tirando a última parte do curativo. — Como isso aconteceu com você?

— Bom, o nome dela era Bernadette, vinte e dois anos, casada. Cabelo loiro comprido que fica caindo no rosto e precisa ser afastado...

— Vinte e dois anos?

— Sim, tava de calça jeans...

— Você tá bastante ferido aí.

— Ela bateu à porta, perguntou se podia entrar. "Claro", falei. "Já chega", disse ela e correu pro meu banheiro, fechou a porta pela metade, baixou as calças, sentou e começou a mijar. *Ah! Jesus!*

— Calma. Estou esterilizando a ferida.

— Sabe, doutor, a sabedoria chega num caralho de hora... quando a juventude acabou, a tempestade passou e as mulheres foram pra casa.

— É verdade.

— *Ai! Ah! Cristo!*

— Por favor. Preciso limpar direito.

— Ela saiu do banheiro e me disse que na noite passada, na festa dela, eu não tinha resolvido o problema do caso de amor infeliz dela. Que em vez disso eu embebedei todo mundo e caí numa roseira. Que eu rasguei as calças, caí pra trás, bati a cabeça numa pedra enorme. Que um cara chamado Willy me carregou pra casa e minha calça e meu calção caíram, mas eu não tinha resolvido o problema do caso de amor. Ela contou que o caso tinha terminado mesmo assim, e que, pelo menos, eu tinha dito umas coisas bem pesadas.

— Onde você conheceu essa moça?

— Fiz um recital de poesia em Veneza. Conheci ela depois, no bar ao lado.

— Você pode recitar um poema pra mim?

— Não, doutor. Enfim, ela disse: "Já *chega*, cara!". Sentou-se no sofá. Eu me sentei numa poltrona na frente dela. Ela bebeu cerveja e me contou: "Eu amo ele, mas, sabe, não consigo nenhum *contato*, ele não fala. Eu digo pra ele, *fala* comigo! Mas, por deus, ele não fala. Ele diz, 'Não é você, é outra coisa'. E termina assim".

— Chinaski, agora vou te costurar. Não vai ser agradável.

— Sim, doutor. Enfim, ela começou a falar da vida dela. Disse que tinha sido casada três vezes. Eu disse que ela não parecia ter passado por tanta coisa. Ela disse: "Não? Ah, eu já fui pro manicômio duas vezes". E eu respondi: "Você também?". Ela perguntou: "Você também já foi pro manicômio?". Eu disse: "Não, umas mulheres que eu conheci que foram".

— Agora — disse o doutor — só um pontinho. Só isso. Um ponto. Um trabalho de bordado.

— Ah, merda, não tem outro jeito?

— Não, o corte é muito fundo.

— Ela disse que casou com quinze anos. Estavam chamando ela de puta por estar com esse cara. Os pais dela estavam chamando ela de puta, então ela casou com o cara pra irritar eles. A mãe era pinguça, vivia entrando e saindo de manicômios. O pai batia nela o tempo todo. *Ah, Jesus! Com calma, por favor!*

— Chinaski, você tem mais problema com mulher que qualquer homem que eu já conheci.

— Aí ela conheceu uma sapatona. A sapatona levou ela num bar homossexual. Ela deixou a sapatona e foi ficar com um menino homossexual. Viveram juntos. Brigavam por causa de maquiagem. *Ah! Cristo! Piedade!* Ela roubava o batom dele e ele roubava o dela. Aí eles se casaram...

— Vai precisar de alguns pontos. Como isso aconteceu?

— Eu tô te *contando*, doutor. Eles tiveram um filho. Depois se divorciaram e ele sumiu e deixou ela com a criança. Ela arranjou um emprego, contratou uma babá, mas o emprego pagava mal e depois de pagar a babá não sobrava muita coisa. Ela tinha que sair à noite pra ganhar a vida. Dez contos por umazinha. Durou algum tempo. Ela não tava chegando a lugar nenhum. Aí um dia no trabalho (ela tava trabalhando pra Avon), ela começou a gritar e não conseguia parar. Levaram ela pra um manicômio. *Devagar! Devagar! Por favor!*

— Qual era o nome dela?

— Bernadette. Ela saiu do manicômio, veio pra Los Angeles, conheceu e casou com Karl. Ela me disse que gostava da minha poesia e que admirava como eu dirigia meu carro na calçada a quase cem por hora depois dos meus recitais. Aí ela disse que estava com fome e se ofereceu para me pagar um hambúrguer com batata frita. Me levou no McDonald's. *Por favor, doutor! Vá devagar ou pegue uma agulha mais afiada, alguma coisa assim!*

— Já estou quase terminando.

— Bom, nos sentamos numa mesa com nossos hambúrgueres, batata frita, café, e Bernadette me contou sobre a mãe dela. Estava preocupada com a mãe. Também estava preocupada com as duas irmãs. Uma irmã estava muito infeliz e a outra era só sem graça e conformada. Aí falou do menino dela, que estava preocupada com a relação de Karl com o menino...

O médico bocejou e fez mais um ponto.

— Eu disse que ela estava carregando peso demais, que podia deixar algumas pessoas se virarem sozinhas. Percebi que ela estava tremendo e pedi desculpa por ter dito aquilo. Peguei uma das mãos dela e comecei a massagear. Depois massageei a outra. Deslizei as mãos dela para os meus pulsos por dentro das mangas do meu casaco. "Desculpa", disse a ela, "acho que você só *se importa*. Não tem nada de errado nisso."

— Mas como isso aconteceu? Isso aqui?

— Bom, quando eu desci a escada com Bernadette, minha mão estava na cintura dela. Ela ainda parecia uma menina do

Ensino Médio... cabelo loiro, longo e sedoso, lábios bem delicados e sensuais. Só dava pra perceber a bagaceira olhando nos olhos dela. Estavam em um estado eterno de choque.

— Por favor, fale logo do acontecido — insistiu o médico. — Estou quase terminando.

— Bom, quando chegamos na minha casa, tinha um idiota na calçada com um cachorro. Disse pra ela parar mais na frente. Ela parou do lado de um carro e eu a puxei e dei um beijo nela. Dei um beijo longo, me afastei e dei mais outro. Ela me chamou de filho da puta. Eu disse pra ela pegar leve com o velho. Dei outro beijo longo. "Isso não é um beijo, cara", disse ela, "isso é sexo, é quase estupro!"

— Foi *aí* que aconteceu?

— Saí pela porta e ela disse que me ligaria daqui a uma semana. Entrei na minha casa e *aí* aconteceu.

— Como?

— Posso ser franco com o senhor, doutor?

— Claro.

— Bom, olhando o corpo e o rosto dela, o cabelo, os olhos... escutar ela falando, depois os beijos, aquilo me deixou com tesão.

— E?

— E eu tenho um jarro. Serve direitinho pra mim. Enfiei lá no jarro e comecei a pensar em Bernadette. Eu estava quase lá bem na hora que aquela porcaria quebrou. Já tinha usado várias vezes, mas acho que dessa vez estava com tesão demais. Ela é uma mulher tão sensual...

— Nunca, nunca enfie essa coisa em nada feito de vidro.

— Eu vou ficar bom, doutor?

— Sim, e vai conseguir usar de novo. Você deu sorte.

Vesti a roupa e caí fora. Ainda me sentia em carne viva dentro do calção. Dirigindo por Vermont, parei no mercado. Estava sem comida. Empurrei o carrinho pelo lugar, peguei hambúrguer, pão, ovos.

Um dia tenho que contar sobre essa quase tragédia para Bernadette. Se ela ler isso, vai saber. A última coisa que soube foi que ela e Karl foram pra Flórida. Ela engravidou. Karl queria o lance do aborto. Ela não queria. Separaram. Ela ainda está na Flórida. Morando com o amigo de Karl, Willy. Willy faz pornografia. Ele escreveu pra mim umas semanas atrás. Não respondi ainda.

# que ressaca

A esposa de Kevin entregou o telefone a ele. Era uma manhã de sábado. Ainda estavam na cama.

— É Bonnie — disse ela.

— Alô, Bonnie?

— Tá acordado, Kevin?

— Sim, sim.

— Olha, Kevin, Jeanjean me contou.

— Te contou o quê?

— Que você levou Cathy e ela pro armário, tirou as calcinhas e cheirou as pererecas.

— Cheirei a perereca delas?

— Ela disse isso.

— Meu Deus, Bonnie, você tá fazendo piada?

— Jeanjean não mente sobre essas coisas. Ela disse que você levou Cathy e ela pro armário, tirou as calcinhas delas e cheirou as pererecas.

— Calma lá, Bonnie!

— Calma uma *porra*! Tom está com muita raiva, ameaçando matar você. Isso é horrível, inacreditável! Minha mãe acha que eu deveria ligar pro meu advogado.

Bonnie desligou. Kevin pôs o telefone no gancho.

— O que foi? — perguntou sua esposa.

— Olha, Gwen, não é nada.

— Você está pronto para o café da manhã?

— Acho que não vou conseguir comer.

— Kevin, qual é o problema?

— Bonnie afirmou que levei Jeanjean e Cathy pro armário, tirei as calcinhas delas e cheirei as pererecas.

— Ah, por favor!

— Foi o que ela disse.

— Você fez isso?

— Meu Deus, Gwen, eu estava bebendo. A última coisa que lembro daquela festa é estar parado no gramado da frente olhando a lua. Uma lua enorme, nunca tinha visto uma daquele tamanho.

— E você não se lembra da outra coisa?

— Não.

— Você apaga quando bebe, Kevin. Você sabe que apaga.

— Não acho que faria algo assim. Não sou pedófilo.

— Menininhas de oito e dez anos são muito fofas.

Gwen entrou no banheiro. Quando saiu, ela disse:

— Eu rezo pra Deus pra que isso tenha acontecido. Eu ficaria feliz de verdade se isso realmente tiver acontecido!

— O quê? O que diabo você está dizendo?

— É sério. Isso pode te desacelerar. Isso pode fazer você pensar duas vezes sobre sua bebedeira. Pode até fazer você parar de beber completamente. Toda vez que você vai a alguma festa você tem que beber mais que todo mundo, *entornar* tudo. E você sempre faz algo imbecil e nojento, mas num geral, no passado, com mulher adulta.

— Gwen, isso tudo deve ser piada.

— Não é piada. Espere só você ter que olhar nos olhos de Cathy, Jeanjean, Tom e Bonnie!

— Gwen, eu amo aquelas duas menininhas.

— O *quê?*

— Ah, merda, esquece.

Gwen entrou na cozinha e Kevin foi ao banheiro. Ele jogou água fria no rosto e se olhou no espelho. Como é a cara de um pedófilo? Resposta: como a de qualquer pessoa, até dizerem que ele era um.

Kevin sentou para cagar. Cagar parecia tão seguro, quentinho. Com certeza aquilo não tinha acontecido. Ele estava no banheiro dele. Ali estavam sua toalha e seu pano de flanela, ali estavam o papel higiênico e a banheira, e sob seus pés, macio e quente, o tapete do banheiro, vermelho, limpo, confortável. Kevin terminou, se limpou, deu descarga, lavou as mãos como um homem civilizado e entrou na cozinha. Gwen estava fritando bacon. Ela serviu uma xícara de café para ele.

— Obrigado.

— Mexido?

— Mexido.

— Casados há dez anos e você sempre diz "mexido".

— O mais incrível é que você sempre pergunta.

— Kevin, se isso se espalhar, você vai ficar desempregado. O banco não precisa de um gerente de filial pedófilo.

— Acho que não.

— Kevin, precisamos fazer uma reunião com as famílias envolvidas. Nós precisamos sentar e conversar sobre isso.

— Você tá parecendo uma cena de *O Poderoso Chefão*.

— Kevin, você está com um problemão. Não tem como contornar isso. É um problemão. Ponha seu pão na torradeira. Coloque devagar, senão vai saltar, a mola está com problema.

Kevin colocou o pão na torradeira. Gwen serviu o bacon e os ovos.

— Jeanjean gosta de flertar. Ela é igual à mãe. Me surpreende que isso não tenha acontecido antes. Não que eu esteja dizendo que tem justificativa.

Ela se sentou. A torrada saltou, e Kevin passou uma fatia para ela.

— Gwen, quando você não se lembra de uma coisa é muito estranho. É como se nunca tivesse acontecido.

— Alguns assassinos também esquecem o que fizeram.

— Você tá comparando isso com assassinato?

— Isso pode afetar seriamente o futuro de duas menininhas.

— Muitas coisas podem.

— Eu teria que dizer que seu comportamento foi destrutivo.

— Talvez tenha sido construtivo. Talvez tenham gostado.

— Já faz muito tempo — disse Gwen — que você não cheira minha perereca.

— Isso mesmo, se coloque no meio disso.

— Eu estou no meio disso. Vivemos em uma comunidade de vinte mil pessoas e uma coisa assim não vai permanecer em segredo.

— Como eles vão provar isso? É a palavra de duas menininhas contra a minha.

— Mais café?

— Sim.

— Eu queria ter pegado molho tabasco pra você. Sei que você gosta disso nos ovos.

— Você sempre esquece.

— Eu sei. Olha, Kevin, termine seu café da manhã. Demore o quanto quiser pra comer. Com licença. Tenho que fazer uma coisa.

— Certo.

Ele não tinha certeza se amava Gwen, mas viver com ela era confortável. Ela cuidava de todos os detalhes, e eram os detalhes que enlouqueciam um homem. Ele colocou bastante manteiga na torrada. A manteiga era um dos últimos luxos do homem.

Um dia os carros seriam caros demais e todo mundo ia ficar só sentado, comendo manteiga e esperando. Os crentes doidos que falavam sobre o fim do mundo pareciam melhores a cada dia. Kevin terminou de comer a torrada com manteiga e Gwen voltou.

— Pronto, está combinado. Liguei pra todo mundo.

— Como assim?

— Vai ter uma reunião daqui a uma hora na casa do Tom.

— Na casa do Tom?

— Sim, Tom, Bonnie, os pais da Bonnie, o irmão e a irmã do Tom... Todos vão estar lá.

— As crianças vão estar lá?

— Não.

— E o advogado da Bonnie?

— Você tá com medo?

— Você não estaria?

— Não sei. Nunca cheirei a perereca de uma menininha.

— Por que diabos não?

— Porque não é decente nem civilizado.

— E aonde nossa civilização decente nos levou?

— Acho que até homens como você, que levam menininhas pra armários.

— Você parece estar gostando disso.

— Não sei se essas menininhas vão te perdoar um dia.

— Você quer que eu peça perdão a elas? Eu tenho que fazer isso? Por uma coisa que nem lembro?

— Por que não?

— Deixa elas esquecerem isso. Por que falar disso diretamente?

Quando Kevin e Gwen pararam na frente da casa de Tom, Tom se levantou e disse:

— Eles chegaram. Agora vamos ter calma. Tem um jeito decente e justo de resolver isso. Somos todos seres humanos maduros. Podemos resolver tudo entre nós. Não há necessidade de chamar a polícia. Ontem à noite eu queria matar Kevin. Agora só quero ajudá-lo.

Os seis parentes de Jeanjean e Cathy se sentaram e esperaram. A campainha tocou. Tom abriu a porta.

— Olá, pessoal.

— Olá — respondeu Gwen.

Kevin não disse nada.

— Podem se sentar.

Eles chegaram mais perto e se sentaram no sofá.

— Um drinque?

— Não — disse Gwen.

— *Scotch* com refrigerante — disse Kevin.

Tom preparou a bebida e entregou para Kevin, que virou o copo, enfiou a mão no bolso para pegar um cigarro.

— Kevin — falou Tom —, decidimos que você deveria procurar um psicólogo.

— Não um psiquiatra?

— Não, um psicólogo.

— Certo.

— E achamos que você deveria pagar por qualquer terapia que Jeanjean e Cathy possam precisar.

— Certo.

— Vamos manter isso em segredo, para o seu bem e para o bem das crianças.

— Obrigado.

— Kevin, só tem uma coisa que nós queríamos saber. Nós somos seus amigos. Somos amigos há anos. Só uma coisa. *Por que você bebe tanto?*

— Diabo... não sei. Acho que, num geral, só fico entediado.

# um dia de trabalho

Joe Mayer era um escritor freelancer. Estava de ressaca e o telefone o acordou às nove da manhã. Ele se levantou e atendeu.

— Alô?

— Oi, Joe. Como é que anda?

— Ah, tudo lindo.

— Lindo, né?

— Sim?

— Eu e Vicki acabamos de nos mudar pra nossa casa nova. Ainda não temos telefone. Mas posso te dar o endereço. Você tem uma caneta aí?

— Só um minuto.

Joe anotou o endereço.

— Não gostei daquela sua última história que vi na *Anjo quente*.

— Ok — disse Joe.

— Não quero dizer que não gostei, é que não gostei em comparação com a maioria das suas coisas. A propósito, você sabe onde anda Buddy Edwards? Griff Martin, que editava a *Contos quentes*, está procurando ele. Achei que você poderia saber.

— Não sei onde ele está.

— Acho que ele pode estar no México.

— Pode ser.

— Olha, nós vamos passar pra te ver em breve.

— Claro.

Joe desligou. Ele pôs uns ovos em uma panela com água, colocou água para esquentar para fazer café e pegou uma aspirina. Depois voltou para a cama.

O telefone tocou novamente. Ele se levantou e atendeu.

— Joe?

— Sim?

— Aqui é Eddie Greer.

— Ah, sim.

— Queremos que você faça uma leitura para um evento beneficente...

— Pra quem?

— Pro IRA*.

— Olha, Eddie, eu não gosto de política, religião nem qualquer coisa assim. E realmente não sei o que tá acontecendo lá. Não tenho TV, nem leio os jornais... nada disso. Não sei quem tá certo ou errado, se é que existe certo e errado.

— A Inglaterra tá errada, cara.

— Não posso ler pro IRA, Eddie.

— Beleza então...

Os ovos ficaram prontos. Ele se sentou, descascou os ovos, fez torrada e misturou café instantâneo com a água quente. Engoliu os ovos e as torradas de uma vez e tomou duas canecas de café. Depois voltou para a cama.

Estava quase dormindo quando o telefone tocou novamente. Ele levantou e atendeu.

---

* Sigla de Irish Republican Army [Exército Republicano Irlandês], grupo paramilitar ultranacionalista de intensa atividade no século XX, cujo objetivo era tornar a Irlanda do Norte politicamente independente da Inglaterra. Atualmente, desistiram da "luta armada". [*N.E.*]

— Senhor Mayer?

— Sim?

— Sou Mike Haven, amigo de Stuart Irving. Uma vez aparecemos juntos na *Mula de mármore,* quando a *Mula de mármore* era editada em Salt Lake City.

— Sim?

— Vim de Montana e vou passar uma semana aqui. Estou hospedado no Sheraton aqui na cidade. Gostaria de visita-lo e conversar com você.

— Hoje é um dia ruim, Mike.

— Bom, talvez eu possa ir mais pro final da semana?

— Sim, por que você não me liga mais tarde?

— Sabe, Joe, eu escrevo exatamente como você, poesia e prosa. Quero levar umas coisas minhas e ler pra você. Você vai se surpreender. Minha escrita é muito potente.

— Ah, é?

— Você vai ver.

O carteiro foi o próximo. Uma carta. Joe abriu:

Caro sr. Mayers:

Recebi seu endereço de Sylvia, para quem você costumava escrever em Paris há muitos anos. Sylvia ainda está viva, em São Francisco, e ainda escreve poemas selvagens, proféticos, angelicais e insanos. Estou morando em Los Angeles agora e adoraria visitar você! Por favor, me diga quando seria bom para você.

Com amor,
Diane

Joe tirou o roupão e se vestiu. O telefone tocou novamente. Ele foi até o aparelho, olhou e não atendeu. Joe saiu, entrou no carro e dirigiu em direção a Santa Anita. Dirigiu devagar. Ligou o rádio e ouviu música clássica. O ar não estava muito poluído. Desceu a Sunset, pegou seu desvio favorito, subiu a colina em direção a Chinatown, passou pelo Annex, pelo Little Joe's, por Chinatown e fez o trajeto lento e tranquilo passando pelos pátios da ferrovia, olhando os antigos vagões marrons. Se ele fosse mais ou menos bom com o pincel, gostaria de pintar aquela paisagem. Talvez pintasse mesmo assim. Dirigiu pela Broadway e pela Huntington Drive até o hipódromo. Pegou um sanduíche de carne enlatada e um café, abriu o Catálogo de Corrida e se sentou. O catálogo parecia justo.

Acertou com Rosalena na primeira por dez dólares e oitenta e Wife's Objection na segunda por nove e vinte e levou a dobradinha diária por quarenta e oito e quarenta. Tinha apostado dois dólares em Rosalena e cinco em Wife's Objection, então estava com setenta e três dólares e vinte centavos. Com Sweetott se desqualificou, ficou em segundo com Harbor Point, em segundo com Pitch Out, em segundo com Brannan, todas apostas vencedoras, e estava com quarenta e oito e vinte quando acertou a vitória de Southern Cream por vinte dólares, o que o trouxe de volta para setenta e três e vinte.

Não era ruim lá no hipódromo. Ele encontrou apenas três pessoas que conhecia. Operários. Negros. Dos velhos tempos.

O problema foi a oitava corrida. Cougar estava com cento e vinte oito contra Unconscious, com cento e vinte e três. Joe não considerou os outros corredores. Não conseguia se decidir. Cougar estava com três a cinco, e Unconscious, com sete a dois. Com uma vantagem de setenta e três dólares e vinte, sentiu que poderia se dar ao luxo de apostar em três a cinco. Apostou trinta dólares na vitória. Cougar partiu lentamente, como se estivesse correndo em uma vala. Quando chegou na metade da primeira curva, estava cinquenta metros atrás do primeiro colocado. Joe soube que perderia. No final, seu três a cinco estava quinze metros atrás e a corrida acabou.

Apostou dez dólares e mais dez em Barbizon Jr. e Lost at Sea na nona, perdeu e saiu com vinte e três dólares e vinte. Era mais fácil colher tomate. Entrou em seu carro velho e dirigiu devagar de volta para casa...

Assim que entrou na banheira, a campainha tocou. Ele se enxugou e vestiu a camisa e a calça. Era Max Billinghouse. Max tinha vinte e poucos anos, era desdentado e ruivo. Trabalhava como zelador e sempre usava calça jeans e uma camiseta branca suja. Ele se sentou em uma cadeira e cruzou as pernas.

— Bom, Mayer, o que tá acontecendo?

— Como assim?

— Assim, tá vivendo da sua escrita?

— No momento sim.

— Alguma novidade?

— Não desde que você veio aqui semana passada.

— Como foi seu recital de poesia?

— Foi bem.

— A plateia que vai pra recitais de poesia é muito falsa.

— A maioria das plateias é.

— Você tem algum doce aí? — perguntou Max.

— Doce?

— Sim, eu sou uma formiga. Amo doce.

— Não tenho nenhum doce.

Max se levantou e foi até a cozinha. Voltou com um tomate e duas fatias de pão. Sentou.

— Jesus, não tem nada pra comer aqui.

— Vou ter que ir ao mercado.

— Sabe — disse Max —, se eu tivesse que ler pra uma plateia, eu ia insultar todo mundo, magoar os sentimentos deles.

— Capaz.

— Mas não sei escrever. Acho que vou andar com um gravador. Eu falo sozinho às vezes quando estou trabalhando. Então posso escrever o que disser e aí vou ter uma história.

Max era um homem de uma hora e meia. Ele durava uma hora e meia. E nunca escutava, só falava. Depois de uma hora e meia, Max se levantou.

— Bom, eu tenho que ir.

— Ok.

Max saiu. Ele sempre falava sobre as mesmas coisas. Que tinha insultado umas pessoas no ônibus. Que uma vez encontrou Charles Manson. Que era melhor um homem estar com uma prostituta do que com uma mulher decente. Que sexo mora na mente. Que não precisava de roupas novas ou de um carro novo. Que era um lobo solitário. Que não precisava das pessoas.

Joe foi até a cozinha, pegou uma lata de atum e fez três sanduíches. Pegou a garrafinha de *scotch* que estava guardando e serviu uma boa dose com água. Ligou o rádio na estação clássica. "A valsa *Danúbio Azul.*" Desligou o rádio. Comeu os sanduíches. A campainha tocou. Joe abriu a porta. Era Hymie. Hymie tinha um emprego fácil em algum lugar, algum órgão municipal perto de Los Angeles. Era poeta.

— Olha — disse ele —, aquela ideia de livro que eu tive, *Uma antologia de poetas de Los Angeles,* vamos deixar pra lá.

— Beleza.

Hymie se sentou.

— Precisamos de um novo título. E acho que já sei qual. *Piedade para os amantes da guerra*. Pense no assunto.

— Eu acho que gostei — disse Joe.

— E podemos dizer: "Este livro é para Franco, Lee Harvey Oswald e Adolf Hitler". E eu sou judeu, então tenho que ter colhão. O que você acha?

— Acho bom.

Hymie levantou e fez sua imitação de um típico homem judeu gordo dos velhos tempos, um homem gordo muito judeu. Ele cuspiu em si mesmo e se sentou. Hymie era muito engraçado. Hymie era o homem mais engraçado que Joe conhecia. Hymie durava uma hora. Depois de uma hora, Hymie se levantou e foi embora. Ele sempre falava sobre as mesmas coisas. Que a maioria dos poetas era muito ruim. Que era trágico, tão trágico que chegava a ser ridículo. O que é que dava pra fazer?

Joe tomou outra boa dose de seu *scotch* com água e foi para a máquina de escrever. Digitou duas linhas e o telefone tocou. Era Dunning, no hospital. Dunning gostava de beber muita cerveja. Ele tinha servido no Exército. O pai de Dunning foi editor de uma pequena revista famosa. O pai dele morreu em junho. A esposa de Dunning era ambiciosa. Ela o incentivou bastante a ser médico. Ele conseguiu ser quiroprata. E estava trabalhando como enfermeiro enquanto tentava economizar para uma máquina de raio X de oito ou dez mil dólares.

— E se eu for aí tomar uma cerveja com você? — perguntou Dunning.

— Olha, pode ser depois? — perguntou Joe.

— Por quê? Tá escrevendo?

— Comecei agora.

— Beleza. Deixa pra próxima.

— Valeu, Dunning.

Joe se sentou novamente na frente da máquina. Não foi ruim. Tinha chegado à metade de uma página quando ouviu passos. Depois uma batida. Joe abriu a porta.

Eram dois rapazes. Um com barba preta, o outro de barba feita.

O rapaz barbudo disse:

— Eu fui ao seu último recital.

— Entre — disse Joe.

Eles entraram. Estavam com seis garrafas de cerveja importada, garrafas verdes.

— Vou pegar um abridor — disse Joe.

Ficaram ali sentados, bebendo cerveja.

— Foi um bom recital — comentou o garoto barbudo.

— Quem foi sua maior influência? — perguntou o de barba feita.

— Jeffers. Poemas mais longos. "Tamar", "Roan Stallion". E assim por diante.

— Tem algo novo que te interesse?

— Não.

— Dizem que você tá saindo da cena alternativa, que agora é parte do Sistema. O que você acha disso?

— Nada.

Houve mais algumas perguntas da mesma natureza. Os rapazes só duraram uma cerveja cada. Joe cuidou das outras quatro. Foram embora quarenta e cinco minutos depois. Mas, assim que saíram, o cara sem barba disse:

— Nós vamos voltar.

Joe se sentou de novo na frente da máquina com outra bebida. Não conseguia digitar. Levantou e foi até o telefone. Discou. Esperou. Ela estava lá. Ela atendeu.

— Olha — disse Joe —, deixa eu sair daqui. Deixa eu ir aí e ficar na cama.

— Então você quer passar a noite aqui?

— Sim.

— De novo?

— Sim, de novo.

— Beleza.

Joe foi para a garagem. Lu morava três ou quatro quadras abaixo. Ele bateu. Ela o deixou entrar. As luzes estavam apagadas. Ela estava só de calcinha e o levou para a cama.

— Meu deus — gemeu ele.

— O que foi?

— Bom, de certa forma é tudo inexplicável ou *quase* inexplicável.

— Só tire a roupa e venha pra cama.

Joe obedeceu. E se arrastou até lá. No início, ele não sabia se funcionaria de novo. Tantas noites seguidas. Mas o corpo dela estava lá e era um corpo jovem. Lábios abertos e reais. Joe flutuou para dentro. Era bom estar no escuro. Ele cuidou muito bem dela. Até desceu lá de novo e deu uma linguada naquela buceta. Então, quando subiu, depois de meter umas quatro ou cinco vezes, ouviu uma voz...

— Mayer... estou procurando Joe Mayer...

Ele ouviu a voz do senhorio. O senhorio estava bêbado.

— Bom, se ele não estiver no apartamento da frente, dê uma olhada nesse aqui de trás. Ou está nesse ou naquele.

Joe meteu mais quatro ou cinco vezes antes que a batida começasse na porta. Joe tirou de dentro e, completamente nu, foi até a porta. Ele abriu a janela lateral.

— Sim?

— E aí, Joe! Oi, Joe, tá fazendo o quê, Joe?

— Nada.

— Bom, que tal tomar uma cerveja, Joe?

— Não — respondeu Joe.

Ele bateu a janela lateral e voltou para a cama, deitou.

— Quem era? — perguntou ela.

— Sei lá. Não reconheci.

— Me beija, Joe. Não fique aí só deitado.

Ele a beijou enquanto a lua do sul da Califórnia passava pelas cortinas do sul da Califórnia. Ele era Joe Mayer. Escritor freelancer.

Ele estava feito.

# o homem que amava elevadores

Harry ficou parado na entrada do prédio esperando o elevador descer. Assim que a porta se abriu, ouviu a voz de uma mulher atrás dele.

— Só um momento, por favor!

Ela entrou no elevador, e a porta se fechou. Estava de vestido amarelo, o cabelo preso no topo da cabeça e brincos bestas com pérolas penduradas em correntinhas de prata. Tinha uma bunda grande e um corpão. Os seios e o corpo pareciam tentar saltar para fora daquele vestido amarelo. Os olhos eram de um verde pálido, penetrantes. Ela estava com uma sacola de compras onde se lia *Vons*. Os lábios estavam manchados de batom. Carnudos e pintados, obscenos, quase feios, um insulto. O batom vermelho cintilou, e Harry estendeu a mão e apertou o botão de EMERGÊNCIA.

Funcionou, o elevador parou. Harry foi até ela. Com uma mão, levantou a saia e olhou aquelas pernas. Eram inacreditáveis, só músculos e carne. Ela parecia abalada, congelada. Ele a agarrou, e ela deixou cair a sacola de compras. Latas de legumes, um abacate, papel higiênico, carne embalada e três barras de chocolate despencaram no chão do elevador. E então ele pôs a boca naqueles lábios. Eles abriram espaço. Ele se abaixou e levantou a saia. Manteve a boca na dela e puxou a calcinha. Então, de pé, ele a tomou, metendo com força, contra a parede do elevador. Quando terminou, fechou o zíper, apertou o botão do terceiro andar e esperou, de costas para ela. Quando a porta se abriu, ele saiu. A porta se fechou atrás dele, e o elevador desapareceu.

Harry desceu até o apartamento dele, enfiou a chave e abriu a porta. A esposa, Rochelle, estava na cozinha preparando o jantar.

— Como foi? — perguntou ela.

— A mesma merda de sempre — disse ele.

— Jantar em dez minutos.

Harry foi até o banheiro, se despiu e tomou banho. O trabalho estava o afetando. Depois de seis anos ele ainda não tinha um centavo no banco. Era assim que eles fisgavam você — dando apenas o suficiente para que se mantenha vivo, mas nunca o suficiente para que você possa finalmente escapar.

Ele se ensaboou bem, se enxaguou e ficou ali, sentindo a água quente escorrer pela nuca. Deixando levar o cansaço. Ele se enxugou e vestiu o roupão, foi para a cozinha e se sentou à mesa. Rochelle estava servindo a comida. Almôndegas com molho. Ela fazia ótimas almôndegas com molho.

— Olha — disse ele —, me dê uma notícia boa.

— Notícia boa?

— Você sabe...

— A menstruação?

— Sim.

— Ainda não desceu.

— Cristo.

— O café ainda não tá pronto.

— Você sempre esquece.

— Eu sei. Não sei por que sempre faço isso.

Rochelle se sentou, e eles começaram a refeição sem café. As almôndegas estavam boas.

— Harry, podemos fazer um aborto.

— Beleza — disse ele. — Se chegar a esse ponto, vamos fazer.

Na noite seguinte, ele pegou o elevador sozinho. Foi até o terceiro andar e saiu. Depois deu meia-volta, entrou no elevador e apertou o botão de novo. Desceu até a garagem, saiu, foi para o carro, sentou e esperou. Ele a avistou chegando, dessa vez sem compras na mão. Abriu a porta do carro.

Dessa vez ela estava de vestido vermelho, mais curto e apertado que o amarelo. O cabelo estava solto, longo. Quase batia na bunda. Ela estava com os mesmos brincos bestas e os lábios estavam mais manchados de batom do que da outra vez. Quando entrou no elevador, ele foi atrás. O elevador subiu, e mais uma vez ele apertou o botão de EMERGÊNCIA. E foi para cima dela, pôs os lábios naquela boca vermelha e obscena. De novo ela não estava de meia-calça, só de meias vermelhas até os joelhos. Harry tirou a calcinha dela e meteu. Eles treparam nas quatro paredes do elevador. Durou mais dessa vez. Harry fechou o zíper, deu as costas para ela e apertou o botão do terceiro andar.

Quando ele abriu a porta, Rochelle estava cantando. A voz dela era horrível, então Harry entrou no chuveiro com pressa. Ele saiu de roupão e se sentou à mesa.

— Jesus — disse ele —, demitiram quatro caras hoje, inclusive Jim Bronson.

— Mas que pena — comentou Rochelle.

Tinha bifes e batatas fritas, salada e pão de alho quente. Nada mau.

— Sabe quanto tempo faz que Jim trabalha lá?

— Não.

— Cinco anos.

Rochelle não respondeu.

— Cinco anos — disse Harry. — Eles não ligam mesmo, aqueles filhos da puta não têm piedade.

— Não esqueci o café dessa vez, Harry.

Ela se inclinou e o beijou enquanto servia a xícara.

— Tô melhorando, tá vendo?

— Sim.

Ela se sentou também.

— Minha menstruação desceu hoje.

— O quê? Sério?

— Sim, Harry.

— Mas que ótimo, ótimo...

— Não quero filho até você querer também.

— Rochelle, temos que *comemorar*! Com um vinho bom! Vou comprar um depois do jantar.

— Eu já comprei, Harry.

Ele se levantou e deu a volta na mesa. Ficou quase atrás de Rochelle e, com uma mão no queixo dela, inclinou a cabeça dela para trás. Beijou-a.

— Eu te amo, meu bem.

Jantaram. Foi um bom jantar. E um bom vinho...

Harry saiu do carro enquanto ela passava pela entrada de carros. Ela o esperou, e entraram juntos no elevador. Ela estava de vestido azul e branco florido, sapatos e meias de cano médio brancos. O cabelo preso no topo da cabeça de novo. Ela estava fumando um cigarro Benson and Hedges.

Harry apertou o botão de EMERGÊNCIA.

— Só um minuto, senhor!

Foi a segunda vez que Harry ouviu a voz dela. Era um pouco rouca, mas não era uma ruim.

— Sim — falou Harry —, o que é?

— Vamos pro meu apartamento.

— Beleza.

Ela apertou o botão do quarto andar, o elevador subiu, a porta abriu e eles caminharam pelo corredor até o 404. Ela destrancou a porta.

— Bonito apê — disse Harry.

— Eu gosto daqui. Gostaria de beber algo?

— Claro.

Ela entrou na cozinha.

— Eu sou Nana — disse ela.

— Eu sou Harry.

— Eu sei que você é, mas qual é o seu nome?*

— Você é engraçada — comentou Harry.

Ela voltou com duas bebidas. Eles sentaram no sofá e beberam.

— Eu trabalho na Zody — disse Nana. — Sou atendente lá.

— Legal.

— O que tem de legal nisso?

— Ah, é legal que estamos aqui juntos.

— Mesmo?

— Claro.

— Vamos para o quarto.

Harry foi atrás dela. Nana terminou a bebida e colocou o copo vazio na cômoda. Ela entrou no closet. Era um closet grande. Começou a cantar e a tirar a roupa. Nana cantava melhor que Rochelle. Harry se sentou na beira da cama e terminou sua bebida.

---

* Em inglês, *Harry* pode ter um som similar à *hairy*, que significa "peludo" ou "cabeludo". [*N.E.*]

Ela saiu do closet e se esticou na cama. Estava nua. Os pelos da buceta dela eram muito mais escuros do que o cabelo.

— E aí? — disse ela.

— Ah — falou Harry.

Ele tirou os sapatos, as meias, a camisa, a calça, a camiseta, o calção. Depois se deitou na cama ao lado dela. Ela virou a cabeça e ele a beijou.

— Olha — disse ele —, precisamos deixar todas as luzes acesas?

— Claro que não.

Nana levantou e desligou a luz do quarto e o abajur na mesinha de cabeceira. Harry sentiu os lábios dela nos dele. A língua entrou e saiu, entrou e saiu. Ele subiu nela. Nana era muito macia, como um colchão d'água. Harry beijou e lambeu os seios dela, beijou a boca e o pescoço. Continuou beijando-a por algum tempo.

— Qual é o problema? — perguntou ela.

— Não sei — disse ele.

— Não tá funcionando, né?

— Não.

Harry saiu de cima dela e começou a se vestir no escuro. Nana acendeu o abajur.

— Você é o quê? O maníaco do elevador?

— Não, não...

— Só consegue fazer em elevador, é isso?

— Não, não, você foi a primeira, sério. Não sei o que deu em mim.

— Mas estou aqui agora — disse Nana.

— Eu sei — respondeu ele, vestindo as calças.

Então se sentou e começou a calçar os sapatos e as meias.

— Escuta aqui, seu filho da puta...

— Sim?

— Quando estiver pronto e me quiser, venha no meu apartamento, entendeu?

— Sim, entendi.

Harry estava completamente vestido, de pé novamente.

— Chega de elevador, entendeu?

— Entendi.

— Se você me estuprar no elevador de novo, vou chamar a polícia, eu juro.

— Ok, ok.

Harry saiu do quarto, passou pela sala e cruzou a porta do apartamento. Ele foi até o elevador e apertou o botão. A porta se abriu, e ele entrou. O elevador começou a descer. Havia uma pequena mulher asiática parada ao lado dele. Tinha cabelo preto. Saia preta, blusa branca, meia-calça, pés pequenos, salto alto. Ela tinha a pele escura, com só um vestígio de batom. O corpo muito pequeno tinha uma bunda incrível e sexy. Os olhos eram castanhos e muito profundos e pareciam cansados. Harry estendeu a mão e apertou o botão de EMERGÊNCIA. Quando ele chegou perto, ela gritou. Ele bateu forte no rosto dela, pegou um lenço e enfiou na boca da mulher. Ele prendeu um dos braços ao redor da cintura dela e quando ela arranhou o rosto dele com a mão livre, ele se abaixou e puxou a saia dela para cima. Gostou do que viu.

# só a cabecinha

Margie costumava começar a tocar os noturnos de Chopin depois do pôr do sol. Ela morava em uma casa grande afastada da rua e, quando o sol se punha, já estava bêbada de *brandy* ou *scotch*. Aos quarenta e três anos, a silhueta ainda era esbelta, e o rosto, delicado. O marido morrera jovem, cinco anos antes, e ela vivia em aparente solidão. O marido era médico e teve sorte no mercado de ações, e o dinheiro foi investido para lhe prover uma renda fixa de dois mil dólares por mês. Uma boa parte dos dois mil dólares ia embora em *brandy* ou *scotch*.

Ela tivera dois amantes desde que o marido morreu, mas ambos os casos foram inconstantes e duraram pouco tempo. Os homens pareciam não ter magia. A maioria deles eram amantes ruins, sexual e espiritualmente. E os interesses pareciam girar em torno de carros novos, esportes e televisão. Pelo menos Harry, o falecido marido, às vezes a levava para um concerto. Deus sabe que Mehta era um péssimo maestro, mas ainda era melhor que assistir a *Laverne & Shirley*. Margie se resignou a uma existência sem machos. Vivia uma vida tranquila com seu piano, seu *brandy* e seu *scotch*. E, quando o sol se punha, ela precisava muito do piano, de

Chopin e de *scotch* e/ou *brandy*. Ela fumava um cigarro atrás do outro conforme a noite chegava.

Margie tinha um divertimento. Um casal tinha se mudado para a casa ao lado. Só que mal eram um casal. Ele era vinte anos mais velho que a mulher, barbudo, poderoso, violento e parecia meio doido. Era um homem feio que sempre parecia bêbado ou de ressaca. A mulher com quem ele morava também era esquisita: taciturna, indiferente. Quase em estado de devaneio. Os dois pareciam ter afinidade, mas era como se dois inimigos tivessem sido jogados na mesma casa. Brigavam o tempo todo. Geralmente, Margie ouvia primeiro a voz da mulher. Depois, de repente, bem alto, ela ouvia a do homem, que sempre berrava alguma indecência terrível. Às vezes, as vozes eram seguidas pelo som de vidro quebrando. Mas era mais comum o homem ir embora em seu carro velho e a vizinhança ficar tranquila por dois ou três dias até ele voltar. A polícia já tinha o levado duas vezes, mas ele sempre voltava.

Um dia Margie viu a foto do homem no jornal — era o poeta Marx Renoffski. Tinha ouvido falar do trabalho dele. Margie foi na livraria no dia seguinte e comprou todos os livros dele que estavam disponíveis. Naquela tarde, ela misturou a poesia do homem com o conhaque e, quando escureceu, esqueceu de tocar os noturnos de Chopin. A partir de alguns poemas de amor, ela deduziu que ele estava morando com a escultora Karen Reeves. Por algum motivo, Margie não se sentia mais tão sozinha.

A casa era de Karen e havia muitas festas. Sempre durante as festas, quando a música e as risadas estavam mais altas, ela via a silhueta grande e barbuda de Marx Renoffski surgir dos fundos da casa. Ele sentava sozinho no quintal com uma garrafa de cerveja ao luar. Era aí que Margie se lembrava dos poemas de amor e desejava conhecê-lo.

Na noite de sexta-feira, várias semanas depois de ter comprado os livros dele, ela escutou os dois discutindo em voz alta. Marx estava alcoolizado, e a voz de Karen ficava cada vez mais estridente.

— Escuta aqui, sempre que eu quiser a porra de uma bebida, vou tomar a porra da minha bebida! — Ela ouviu a voz de Marx dizer.

— Você é a coisa mais horrível que já aconteceu na minha vida! — exclamou Karen.

Depois houve sons de briga. Margie apagou as luzes e ficou mais perto da janela.

— Sua desgraçada — ela ouviu Marx dizer —, se ficar me atacando você vai tomar uma!

Ela viu Marx sair no gramado da frente com a máquina de escrever na mão. Não era portátil, era um modelo padrão, e Marx cambaleou descendo a escada com ela na mão, quase caindo diversas vezes.

— Vou me livrar da sua cabeça — gritou Karen. — Vou jogar sua cabeça fora!

— Vai lá — disse Marx —, joga fora.

Margie viu Marx colocar a máquina de escrever no carro e depois viu um objeto grande e pesado, certamente a cabeça, voar da extremidade do gramado e cair no quintal dela. A cabeça quicou e depois parou bem embaixo de uma grande roseira. Marx foi embora de carro. Todas as luzes se apagaram na casa de Karen Reeves e tudo ficou em silêncio.

Quando Margie acordou no dia seguinte, eram oito e quarenta e cinco da manhã. Ela fez a higiene pessoal, pôs dois ovos para cozinhar e tomou um café com uma dose de conhaque. Depois foi até a janela da frente. O grande objeto de barro ainda estava embaixo da roseira. Ela voltou, tirou os ovos do fogo, pôs na água fria e descascou. Sentou-se para comer os ovos e abriu um exemplar do último livro de poemas de Marx Renoffski, *Um, dois, três, eu me amo*. Ela abriu quase no meio:

"ah, tenho esquadrões
de dor

batalhões, exércitos de
dor

continentes de dor

ha, ha, ha,

e
tenho você."

Margie terminou de comer os ovos, pôs duas doses de conhaque na segunda xícara café, bebeu, vestiu uma calça listrada verde, um suéter amarelo e, parecendo um pouco com Katharine Hepburn aos quarenta e três anos, calçou um par de sandálias vermelhas e saiu para a frente de sua casa. O carro de Marx não estava na rua e a casa de Karen parecia vazia. Ela foi até a roseira. A cabeça esculpida estava virada para baixo sob o arbusto. Margie conseguia sentir o próprio coração batendo. Ela usou o pé para virar a cabeça e o rosto se voltou para ela. Com certeza era Marx Renoffski. Ela pegou Marx no colo e o encostou no suéter amarelo-claro. Segurando-o com cuidado, levou Marx para dentro de casa. Margie colocou-o em cima do piano e depois serviu um conhaque com água para si. Sentou-se e observou Marx enquanto bebia. Ele era desgrenhado e feio, mas muito real. Karen Reeves era uma boa escultora. Margie ficou grata a Karen Reeves. E continuou estudando a cabeça de Marx. Conseguia ver tudo ali: ternura, ódio, medo, loucura, amor, humor; via principalmente o amor e o humor. Quando KSUK entrou no ar com o programa de música clássica de meio-dia, ela aumentou bastante o volume do rádio e começou a beber com muito prazer.

Umas quatro da tarde, ainda bebendo conhaque, ela começou a conversar com ele.

— Marx, eu te entendo. Eu poderia te fazer feliz de verdade.

Ele não respondeu, só ficou ali em cima do piano.

— Marx, eu li seus livros. Você é um homem sensível e talentoso, Marx, e muito engraçado. Eu te entendo, querido, eu não sou que nem... aquela outra mulher.

Ele continuou sorrindo, olhando para ela com seus olhinhos semicerrados.

— Marx, eu poderia tocar Chopin para você... os noturnos, os estudos.

Margie sentou-se ao piano e começou a tocar. Ele estava bem ali. Dava para *saber* que Marx não assistia ao futebol na TV. Ele provavelmente assistia a Shakespeare, Ibsen e Tchekhov no Canal 28. E, como em seus poemas, era um grande amante. Ela serviu mais conhaque e continuou a tocar. Marx Renoffski ouvia.

Quando Margie terminou o concerto, olhou para Marx. Ele tinha gostado. Ela tinha certeza. Levantou-se do piano. A cabeça de Marx estava no mesmo nível da dela. Margie se inclinou e o beijou rapidamente. Depois recuou. Ele estava sorrindo, sorrindo um sorriso encantador. Ela pôs a boca na dele novamente e deu um beijo lento e apaixonado.

Na manhã seguinte, Marx ainda estava no piano. Marx Renoffski, poeta, poeta moderno, vivo, perigoso, amável e sensível. Ela olhou pela janela da frente. O carro de Marx ainda não estava lá. Ele estava ficando em outro lugar. Longe daquela... vagabunda.

Margie virou e falou com ele.

— Marx, você precisa de uma mulher boa.

Ela foi até a cozinha, pôs dois ovos para cozinhar e pôs uma dose de *scotch* no café. Cantava para si mesma. O dia foi idêntico ao anterior. Só que melhor. A sensação era melhor. Ela leu mais um pouco da obra de Marx e até escreveu um poema:

"esse acidente divino

uniu
nós dois

mesmo que você seja barro

e eu seja carne

nos tocamos

nos tocamos de alguma forma"

Às quatro da tarde, a campainha tocou. Ela abriu a porta. Era Marx Renoffski. Ele estava embriagado.

— Meu bem — disse ele —, sabemos que você está com a cabeça. O que você vai fazer com a minha cabeça?

Margie não conseguiu responder. Marx empurrou a porta e entrou.

— Beleza, cadê aquela porcaria? Karen quer ela de volta.

A cabeça estava na sala de música. Ele andou pelo espaço.

— Que casa bonita você tem. Mora sozinha, né?

— Sim.

— Qual é o problema, tem medo de homem?

— Não.

— Olha só, da próxima vez que Karen me expulsar, acho que vou vir aqui, ok?

Margie ficou em silêncio.

— Você não respondeu. Então quer dizer que tá ok. Tudo bem. Mas ainda preciso da cabeça. Olha, escuto você tocando Chopin quando o sol se põe. Você tem classe. Eu gosto de mulher classuda. Aposto que você bebe conhaque, né?

— Sim.

— Me serve um conhaque. Três doses em meio copo de água.

Margie foi para a cozinha. Quando ela saiu com a bebida, ele estava na sala de música. Tinha encontrado a cabeça. Estava encostado nela, com o cotovelo apoiado no topo do crânio. Ela entregou a bebida para Marx.

— Obrigado. É classe, você é classuda. Você pinta, escreve, compõe? Você faz algo além de tocar Chopin?

— Não.

— Ah — disse ele, virando metade da bebida. — Aposto que faz.

— Faço o quê?

— Fode. Aposto que você fode bem.

— Não sei.

— Bom, eu sei. E você não devia desperdiçar isso. Não quero que você desperdice isso.

Marx Renoffski terminou sua bebida e colocou o copo em cima do piano, perto da cabeça. Ele foi até Margie e a agarrou. Ele cheirava a vômito, vinho barato e bacon. Os pelos da barba de Marx pareciam agulhas e espetaram o rosto de Margie enquanto ele a beijava. Então ele afastou o rosto e a encarou com seus olhinhos.

— Não desperdice sua vida, meu bem!

Ela sentiu o pênis dele subir.

— Eu chupo buceta também. Não chupava buceta até os cinquenta anos. Karen me ensinou. Agora sou o melhor do mundo.

— Não gosto de ser apressada — disse Margie, fracamente.

— Ah, tudo bem! É disso que eu gosto: *espírito*! Chaplin se apaixonou por Goddard quando viu ela mordendo uma maçã! Aposto que você morde uma maçã muito bem! E que você sabe fazer outras coisas com a boca, sim, sim!

Então ele a beijou novamente. Quando se afastou, perguntou a Margie:

— Onde é o quarto?

— Por quê?

— Por quê? Porque é lá que vamos fazer!

— Fazer o quê?

— Trepar, é claro!

— Saia da minha casa!

— Tá falando sério?

— É sério.

— Quer dizer que você não quer trepar?

— Exatamente.

— Escuta aqui, tem dez mil mulheres querendo ir pra cama comigo!

— Eu não sou uma delas.

— Ok, sirva mais uma bebida pra mim e eu vou embora.

— Combinado.

Margie foi na cozinha, pôs três doses de conhaque em meio copo de água, saiu e entregou a ele.

— Escuta aqui, você sabe quem eu sou?

— Sim.

— Sou Marx Renoffski, o poeta.

— Eu disse que sabia quem você era.

— Ah — disse Marx, e virou o copo. — Bom, eu tenho que ir. Karen não confia em mim.

— Diga a Karen que ela é uma ótima escultora.

— Ah, sim, claro... — Marx pegou a cabeça, cruzou a sala e foi até a porta. Margie foi atrás. Marx parou na porta. — Escuta aqui, você nunca fica com vontade?

— Claro.

— E o que você faz?

— Eu me masturbo.

Marx se endireitou.

— Senhora, isso é um crime contra a natureza e, mais ainda, contra mim.

Ele fechou a porta. Ela o observou caminhar cuidadosamente com a cabeça na mão. Então ele virou e seguiu para a casa de Karen Reeves.

Margie entrou na sala de música. Sentou ao piano. O sol estava se pondo. Estava na hora. Começou a tocar Chopin. E tocou Chopin melhor do que nunca.

# peru da manhã

Às seis da manhã, Barney acordou e começou a cutucar a bunda dela com o pau. Shirley fingiu estar dormindo. Barney cutucou com cada vez mais força. Ela se levantou da cama, foi ao banheiro e urinou. Quando voltou, ele havia tirado a colcha da cama e estava espetando o pau embaixo do lençol.

— Olha, querida! — disse ele. — O monte Everest!

— Devo fazer o café da manhã?

— Café da manhã é o caralho! Volta aqui!

Shirley voltou e ele agarrou a cabeça dela e a beijou. O hálito do marido era horrível, e a barba, pior ainda. Ele pegou a mão dela e colocou no pau dele.

— Pense em todas as mulheres que gostariam de ter isso aqui!

— Barney, eu não tô a fim.

— Como assim não tá a fim?

— Ah, não tô excitada.

— Mas vai ficar, querida, vai ficar!

Dormiam sem pijama no verão. Ele subiu nela.

— Abre logo, porra! Tá doente?

— Barney, por favor...

— Por favor, o quê? Eu quero esse rabo e vou ter esse rabo!

Ele continuou forçando com o pau até entrar nela.

— Sua puta desgraçada, vou te quebrar no meio!

Barney fodia como uma máquina. Ela não sentia nada por ele. *Como uma mulher poderia se casar com um homem desses?*, ela se perguntou. Como uma mulher poderia viver com um homem daquele durante três anos? Quando se conheceram, ele não parecia tão... tão bruto.

— Você gosta do meu peru, garota?

Todo o peso do corpo de Barney estava sobre ela. Ele estava suando. Não deu trégua para ela.

— Vou gozar, querida, vou *gozar*!

Barney saiu de cima dela e se limpou no lençol. Shirley se levantou, foi ao banheiro e usou a ducha. Depois, foi para a cozinha preparar o café da manhã. Pôs batatas, bacon e a água do café no fogo. Quebrou ovos numa tigela e mexeu. Calçou os chinelos e colocou o roupão de banho que tinha escrito: ELA. Barney saiu do banheiro. Tinha creme de barbear no rosto.

— Ei, querida, cadê aquele meu short verde com listras vermelhas?

Ela não respondeu.

— Ei, eu perguntei onde tá meu short!

— Não sei.

— Você não sabe? Eu ralo oito, doze horas por dia e você não sabe onde tá meu short?

— Não sei.

— O café tá fervendo! *Olha aí!*

Shirley apagou o fogo.

— Ou você não faz café, ou esquece o café ou ferve tudo! Ou você esquece de comprar bacon, ou queima a porra da torrada, ou perde meu short, ou faz *alguma* merda. Você sempre tem que fazer *alguma* merda!

— Barney, não estou me sentindo bem...

— E você *sempre* não está se sentindo bem! Quando *caralhos* você vai *começar* a se sentir bem? Eu saio pra ralar e você fica lendo revista o dia todo, sentindo pena de si mesma. Você acha que é *fácil* lá fora? Você entende que dez por cento da população está desempregada? Você entende que tenho que lutar pelo meu emprego todo dia enquanto você fica sentada em uma poltrona sentindo pena de si mesma? Bebendo vinho, fumando cigarro e conversando com suas amigas? Amigas, amigos, seja lá quem for. Você acha que é *fácil* pra mim lá fora?

— Eu sei que não é fácil, Barney.

— Você nem quer mais me dar o rabo.

Shirley despejou os ovos mexidos na frigideira.

— Por que você não termina de se barbear? O café da manhã vai ficar pronto em breve.

— Assim, por que a relutância em me dar o rabo? A sua rosca é de ouro?

Ela mexeu os ovos com um garfo. Depois pegou a espátula.

— É porque não suporto mais você, Barney. Te odeio.

— Você me odeia? Como assim?

— Não suporto o jeito que você anda. Não suporto os pelos que saem do seu nariz. Não gosto de sua voz, seus olhos. Não gosto de como você pensa, nem do jeito que você fala. Não gosto de você.

— E *você*? O que *você* tem pra oferecer? *Olha* pra você! Você não conseguiria um emprego nem em um bordel de terceira categoria!

— Já tenho emprego.

Barney bateu nela, com a mão aberta, na lateral do rosto. Shirley deixou cair a espátula, perdeu o equilíbrio, bateu na lateral da pia e se segurou. Então, pegou a espátula do chão, lavou na pia, voltou e mexeu os ovos.

— Não quero café da manhã — disse Barney.

Shirley desligou todas as bocas, voltou para o quarto e foi para a cama. Ela o escutou se arrumando no banheiro. Odiava até o jeito como ele jogava água na pia enquanto se barbeava. E quando ouviu a escova de dentes elétrica, pensar nas cerdas na boca dele, limpando dentes e gengiva, a deixou nauseada. Depois, Shirley escutou o som de spray de cabelo. Silêncio. E então a descarga.

Barney saiu do banheiro. Ela o escutou escolhendo uma camisa no armário. Escutou o barulho das chaves e das moedas nos bolsos dele ao vestir a calça. Depois sentiu a cama abaixar quando ele se sentou na beira, calçando meias e sapatos. A cama subiu de novo quando Barney se levantou. Ela estava deitada de bruços, o rosto para baixo, olhos fechados. Shirley sentiu que ele estava olhando para ela.

— Escuta aqui — disse ele —, só quero te dizer uma coisa: se for outro homem, mato você. Entendeu?

Shirley não respondeu. Então sentiu os dedos dele ao redor da nuca. Barney segurou e bateu a cabeça dela algumas vezes no travesseiro.

— *Responde!* Entendeu? Entendeu? *Você entendeu?*

— Sim. Entendi.

Ele a soltou. Saiu do quarto e foi para a sala. Ela escutou a porta se fechar e depois o escutou descer os degraus. O carro estava na garagem, e ela o escutou dando partida. Depois ouviu o som do carro se afastando. Então, o silêncio.

# entra e sai e finda

O problema em chegar às onze da manhã e ter um recital de poesia às oito da noite é que às vezes isso reduz o homem a algo que é levado a um palco só para ser visto, caçoado, derrotado, que é o que eles querem — não esclarecimento, mas entretenimento.

O professor Kragmatz me encontrou no aeroporto, conheci seus dois cachorros no carro e conheci Pulholtz (que lia meu trabalho há anos) e dois jovens estudantes — um especialista em caratê e o outro com uma perna quebrada — lá na casa de Howard. (Howard foi o professor que me convidou para o recital.)

Sentei, taciturno e pio, bebendo cerveja, e logo quase todo mundo, exceto Howard, tinha uma aula para assistir. Portas bateram e cachorros latiram e foram embora e as nuvens escureceram e eu e Howard e a esposa dele e um jovem estudante ficamos sentados. Jacqueline, esposa de Howie, estava jogando xadrez com o aluno.

— Tenho um novo estoque — disse Howard.

Ele abriu a mão e mostrou a palma cheia de comprimidos.

— Não. Meu estômago — falei. — Anda meio mal.

Às oito, subi lá.

— Ele está bêbado, está bêbado — pude ouvir as vozes da plateia.

Tomei minha vodca com suco de laranja. Abri com algo indigesto, para despertar o desgosto deles. Recitei por uma hora. Os aplausos foram justos. Um menino veio até mim, tremendo.

— Sr. Chinaski, tenho que dizer uma coisa: o senhor é um homem lindo!

Apertei a mão dele.

— Beleza, rapaz, continue comprando meus livros.

Alguns tinham livros meus e eu fiz desenhos neles. Acabou. Já tinha me prostituído.

A festa pós-recital foi a mesma de sempre, professores e estudantes, insossa e sombria. O professor Kragmatz me levou até a copa e começou a fazer perguntas enquanto groupies se esgueiravam pelo espaço. Não, disse a ele, não, bem, sim, umas partes de T.S. Eliot *eram* boas. Fomos muito duros com Eliot. Pound, sim, bem, estávamos descobrindo que Pound não era exatamente o que pensávamos. Não, não consegui pensar em nenhum poeta contemporâneo notável dos Estados Unidos, desculpe. Poesia concreta? Bem, sim, a poesia concreta era como qualquer outracoisa concreta. Hã, Céline? Um velho excêntrico com testículos murchos. Só um livro bom, o primeiro. O quê? Sim, claro, é suficiente. Assim, você não escreveu nenhum, né? Por que eu critico Creeley? Não faço mais isso. Creeley construiu um corpo de trabalho, isso é mais do que a maioria de seus críticos já fez. Sim, eu bebo, todo mundo bebe, não? Que outro jeito tem de fazer essa porra? Mulheres? Ah, sim, mulheres, ah, sim, claro. Não dá para escrever sobre hidrantes e frascos de nanquim vazios. Sim, conheço o carrinho de mão vermelho na chuva. Olha, Kragmatz, não quero que você me monopolize assim. Melhor eu me movimentar...

Fiquei e dormi na cama de baixo de um beliche, embaixo do rapaz que era especialista em caratê. Acordei o rapaz por volta das seis da manhã coçando minhas hemorroidas. Subiu um fedor, e a cadela que dormiu comigo a noite toda começou a enfiar o focinho ali. Virei de costas e dormi de novo.

Quando acordei, todo mundo tinha ido embora, menos Howie. Levantei-me, tomei banho, vesti a roupa e saí para vê-lo. Ele estava muito mal.

— Meu Deus, como você é resistente — comentou. — Você tem o corpo de um menino de vinte anos.

— Nada de metanfetamina, nem anfetamina, pouca coisa pesada ontem à noite... só cerveja e a erva. Tive sorte — disse a ele.

Sugeri ovos cozidos. Howard pôs no fogo. Começou a escurecer. Parecia meia-noite. Jacqueline telefonou e disse que havia um tornado se aproximando vindo do norte. Começou a chover granizo. Comemos nossos ovos.

Então o poeta do recital da noite seguinte chegou com a namorada e Kragmatz. Howard correu para o quintal e vomitou os ovos. O novo poeta, Blanding Edwards, começou a falar. Tinha boas intenções. Falou sobre Ginsberg, Corso, Kerouac. Depois Blanding Edwards e a namorada, Betty (que também era poeta), começaram a conversar em francês muito rápido.

Ficou mais escuro. Houve relâmpagos, mais granizo, e o vento, o vento estava terrível. A cerveja começou a rolar. Kragmatz lembrou Edwards de tomar cuidado, porque ele ia recitar naquela noite. Howard subiu em sua bicicleta e pedalou em meio à tempestade para ensinar inglês aos calouros da universidade. Jacqueline chegou.

— Cadê Howie?

— Ele levou as duas rodas pra dentro do tornado — falei.

— Ele está bem?

— Ele parecia um menino de dezessete anos quando saiu daqui. Tomou umas aspirinas.

O resto da tarde foi de espera e de tentativas de evitar conversas literárias. Peguei uma carona para o aeroporto. Estava com meu cheque de quinhentos dólares e minha bolsa cheia de poemas. Disse que ficassem no carro e que um dia mandaria um cartão-postal ilustrado.

Entrei na sala de espera e ouvi um cara dizer para outro:

— Olha *aquele* cara!

Todos os nativos tinham o mesmo estilo de cabelo, as mesmas fivelas nos sapatos de salto, sobretudos leves, ternos com botões de latão, camisas listradas, gravatas com cores que iam do dourado ao verde. Até os rostos eram parecidos: narizes, orelhas, bocas e expressões eram iguais. Lagos rasos cobertos por gelo fino. Nosso avião estava atrasado. Fiquei atrás de uma máquina de café, tomei dois cafés pretos e comi uns biscoitos. Depois saí e fiquei na chuva.

O voo saiu depois de uma hora e meia. O avião balançava e empinava. Não tinha nenhuma *New Yorker*. Pedi uma bebida à aeromoça. Ela disse que não tinha gelo. O piloto disse que haveria um atraso no pouso em Chicago. Não conseguiam autorização. Ele era um cara honesto. Aterrissamos em Chicago, e lá estava o aeroporto. Circulamos e circulamos e circulamos, e eu disse:

— Bom, acho que não dá pra fazer nada.

Pedi minha terceira bebida. Os outros começaram a entrar no ritmo. Principalmente depois que os dois motores engasgaram ao mesmo tempo. Quando começaram a funcionar de novo, alguém riu. Bebemos e bebemos e bebemos. Quando já estávamos daquele jeito, disseram que iam pousar.

O'Hare de novo. O gelo fino quebrou. As pessoas se apressaram, fazendo perguntas óbvias e recebendo respostas óbvias. Vi meu voo na lista, e não tinha horário de partida. Eram oito e meia. Liguei para Ann. Ela disse que ia continuar ligando para o Aeroporto Internacional de Los Angeles para perguntar o horário de chegada. Perguntou como tinha sido o recital. Eu disse que era muito difícil enrolar uma plateia universitária que estudava poesia. Tinha conseguido enrolar só metade deles.

— Que bom — disse ela.

— Nunca confie em um homem de macacão — respondi.

Fiquei olhando as pernas de uma mulher japonesa por quinze minutos. Depois achei um bar. Tinha um homem negro de roupa de couro vermelha e gola felpuda. Estavam pegando pesado com ele, rindo como se ele fosse um inseto rastejando no balcão. Eram bons naquilo. Tiveram séculos de prática. O cara negro tentava parecer de boa, mas as costas dele estavam tensas.

Quando fui olhar a lista de voos de novo, um terço do aeroporto estava bêbado. Os penteados estavam se desfazendo. Um homem estava andando para trás, muito bêbado, querendo cair de costas e arranjar uma fratura no crânio. Todo mundo acendeu seu cigarro e ficou esperando, observando, torcendo para que ele desse uma boa porrada na cabeça. Eu me perguntei quem de nós ia ficar com a carteira dele. Eu o vi cair, e vi a horda avançar pra passar a mão em tudo. Ele estava longe demais pra me servir de algo. Voltei para o bar. O cara negro tinha desaparecido. Dois caras a minha esquerda estavam discutindo. Um deles virou pra mim.

— O que você acha da guerra?

— Não tem nada de errado com a guerra — falei.

— Ah, é, é?

— É. Quando você entra em um táxi, é guerra. Quando você compra um pacote de pão, é guerra. Quando você paga uma puta, é guerra. Às vezes preciso de pão, táxi e puta.

— Ei, pessoal — disse o homem —, esse cara aqui *gosta* de guerra.

Outro cara veio da ponta do balcão. Estava vestido como os outros.

— Cê gosta de guerra?

— Não tem nada de errado com a guerra... é uma extensão natural da nossa sociedade.

— Quantos anos cê serviu?

— Nenhum.

— De onde cê é?

— Los Angeles.

— Bom, perdi meu melhor amigo pra uma mina terrestre. *Bam!* E ele se foi.

— Pela graça de Deus, podia ter sido você.

— Não vem com gracinha.

— Andei bebendo. Você tem fogo?

Ele encostou o isqueiro na ponta do meu cigarro com o desgosto estampado na cara. Depois voltou para a ponta do balcão.

Fomos embora no voo das sete e quinze às onze e quinze. Voamos. A prostituição poética estava acabando. Eu iria para Santa Anita na sexta-feira e marcaria cem pontos, voltaria ao meu romance. A Filarmônica de Nova York ia apresentar Ives no domingo. Tinha uma chance. Pedi outra bebida.

As luzes se apagaram. Ninguém conseguia dormir, mas todo mundo fingiu. Não me dei ao trabalho. Estava no assento da janela. Olhei a asa do avião e as luzes lá embaixo. Do alto, tudo era organizado em linhas retas. Formigueiros.

Chegamos ao Aeroporto Internacional de Los Angeles. Ann, eu te amo. Espero que meu carro pegue. Espero que a pia não esteja entupida. Ainda bem que eu não trepei com uma groupie. Ainda bem que não sou muito bom em ir pra a cama com mulheres estranhas. Ainda bem que sou um idiota. Ainda bem que não sei de nada. Ainda bem que não fui assassinado. Quando olho as minhas mãos e elas ainda estão em meus pulsos, penso comigo mesmo: que sorte.

Saí do avião arrastando o sobretudo do meu pai e meu estoque de poemas. Ann veio até mim. Olhei pro rosto dela e pensei: *Porra, eu a amo*. Vou fazer o quê? O melhor que pude fazer foi fingir indiferença e ir com ela até o estacionamento. Se elas descobrem que você se importa, acabam te matando. Me curvei e dei um beijinho na bochecha dela.

— Bom pra caralho que você veio — falei.

— De boa — disse ela.

Saímos do Aeroporto Internacional de Los Angeles. Terminei meu trabalho sujo. Prostituição poética. Eu nunca precisava ir atrás. Se queriam o prostituto, me tinham.

— Menina, senti saudade da sua bunda.

— Tô com fome — disse Ann.

Chegamos ao restaurante mexicano na esquina da Alvarado com a Sunset. Comemos burritos de pimenta verde. Tinha acabado. Eu ainda tinha uma mulher, uma mulher de quem gostava. Uma magia dessa não pode ser tratada como algo qualquer. Olhei para o cabelo e o rosto dela enquanto voltávamos para casa. Olhava de soslaio quando sentia que ela não estava prestando atenção.

— Como foi o recital? — perguntou ela.

— Foi bom — respondi.

Seguimos para o norte até Alvarado. Depois, para Glendale Boulevard. Tudo estava bem. O que eu odiava era que um dia tudo seria reduzido a zero, os amores, os poemas, os gladíolos. E no fim estaríamos estufados com terra, como um taco barato.

Ann parou na entrada da garagem. Levantamos, subimos a escada, abrimos a porta e o cachorro pulou em cima de nós. A lua apareceu, a casa cheirava a poeira e rosas, o cachorro pulou em mim. Puxei as orelhas dele e dei um soco na barriguinha. Ele arregalou os olhos e sorriu.

# eu te amo, albert

Louie estava sentado no Pavão Vermelho, de ressaca. Ao levar o drinque, o bartender disse:

— Só vi uma pessoa tão maluca quanto você nessa cidade.

— Ah, é? — disse Louie. — Que legal. Legal pra caralho.

— E ela está aqui agora — continuou o bartender.

— Ah, é?

— É aquela lá no fim do balcão, de vestido azul, com um corpo lindo. Mas ninguém chega perto dela porque ela é maluca.

— Ah, é?

Louie pegou o drinque, foi até lá e se sentou no banquinho ao lado da moça.

— Oi.

— Oi — respondeu ela.

Depois ficaram sentados lado a lado por um bom tempo, sem dizer mais nenhuma palavra um ao outro.

De repente, Myra (esse era o nome dela) estendeu a mão para trás do balcão e pegou uma coqueteleira cheia. Ela ergueu a coqueteleira acima da cabeça e fez menção de arremessá-la no espelho atrás do balcão. Louie segurou o braço dela e disse:

— Não, não, não, não, querida!

Depois disso, o bartender sugeriu que Myra fosse embora e, quando ela foi, Louie foi junto.

Myra e Louie compraram três garrafas de uísque barato e pegaram um ônibus para a casa dele, nos Delsey Arms Apartments. Myra tirou um dos sapatos (de salto alto) e tentou assassinar o motorista do ônibus. Louie a conteve com um braço e segurou as três garrafas de uísque com o outro. Eles desceram do ônibus e caminharam até a casa de Louie.

Entraram no elevador, e Myra começou a apertar os botões. O elevador subiu, desceu, subiu, parou e Myra não parava de perguntar:

— Onde você mora?

E Louie repetia:

— Quarto andar, apartamento quatro.

Myra continuou apertando botões enquanto o elevador subia e descia.

— Olha — disse ela, finalmente —, tem anos que estamos nessa coisa. Desculpa, mas preciso mijar.

— Ok — falou Louie —, vamos fazer um trato. Você me deixa mexer nos botões e eu deixo você mijar.

— Fechado — concordou ela.

E puxou a calcinha para baixo, se agachou e fez o que tinha que fazer.

Enquanto observava o mijo escorrer pelo chão, Louie apertou o botão 4. Chegaram. Nesse momento, Myra já tinha se endireitado, subido a calcinha e estava pronta para sair.

Entraram na casa de Louie e começaram a abrir garrafas. Myra era melhor naquilo. Sentaram frente a frente em um espaço de mais ou menos três metros e meio. Ele se sentou na cadeira perto da janela e Myra se sentou no sofá. Ela pegou uma garrafa e Louie pegou outra e começaram.

Quinze ou vinte minutos se passaram, e então Myra notou algumas garrafas vazias no chão perto do sofá. Ela começou a catá-las, apertando os olhos e as jogando na cabeça de Louie. Errou todos os arremessos. Algumas garrafas saíram pela janela aberta atrás da cabeça dele. Algumas bateram na parede e quebraram. Outras quicaram na parede e, milagrosamente, não quebraram. Myra catou essas últimas e jogou nele de novo. Ela logo ficou sem garrafas.

Louie se levantou da cadeira e subiu no telhado do lado de fora da janela. Ele caminhou recolhendo as garrafas. Quando os braços estavam cheios, voltou pela janela e levou as garrafas para Myra, colocando-as aos pés dela. Depois sentou, pegou o copo e continuou a beber. As garrafas começaram a vir na direção dele de novo. Ele tomou outro drinque, depois mais outro, e depois não se lembrava de mais nada...

Pela manhã, Myra acordou primeiro, saiu da cama, fez café e trouxe um café com conhaque para Louie.

— Vamos — disse ela —, quero que você conheça meu amigo Albert. Ele é uma pessoa muito especial.

Louie tomou o café com conhaque e depois fizeram amor. Foi bom. Louie estava com um calombo enorme no olho esquerdo. Ele saiu da cama e se vestiu.

— Beleza — falou ele. — Vamos.

Desceram de elevador, caminharam até a Alvarado Street e pegaram o ônibus que ia para o norte. Ficaram sentados em silêncio por cinco minutos, e então Myra estendeu a mão e puxou a cordinha. Desceram, andaram meio quarteirão e entraram num velho prédio marrom. Subiram um lance de escadas, fizeram a curva no corredor, e Myra parou no quarto 203. Ela bateu. Houve o som de passos, e a porta se abriu.

— Oi, Albert.

— Oi, Myra.

— Albert, quero que você conheça o Louie. Louie, esse é o Albert.

Eles apertaram as mãos.

Albert tinha quatro mãos. Também tinha quatro braços junto com as mãos. Os dois braços de cima saíam das mangas e os dois braços de baixo saíam de buracos feitos na camisa.

— Pode entrar — disse Albert.

Numa das mãos Albert segurava uma bebida, um uísque com água. Na outra segurava um cigarro. Na terceira mão segurava um jornal. A quarta mão, a que tinha apertado a de Louie, estava sem nada. Myra foi até a cozinha, pegou um copo e serviu uma dose para Louie da garrafa que tinha na bolsa. Depois se sentou e começou a beber direto da garrafa.

— Tá pensando em quê? — perguntou ela.

— Às vezes você chega no fundo do terror, desiste e mesmo assim não morre — disse Louie.

— Albert estuprou a mulher gorda — explicou Myra. — Você tinha que ver ele com todos os braços em volta dela. Que visão, Albert.

Albert grunhiu, parecendo deprimido.

— Albert bebeu até sair do circo, estuprou e bebeu até ser expulso da porra do circo. E agora está aliviado.

— Não tinha como eu me encaixar na sociedade. Não gosto da humanidade. Não tenho nenhum desejo de me conformar, nenhum senso de lealdade, nenhum propósito de verdade.

Albert foi até o telefone. Segurou o fone com uma das mãos, o Catálogo Diário de Corrida na segunda, um cigarro na terceira e uma bebida na quarta.

— Jack? Sim. Albert aqui. Olha, quero Crunchy Main, duas vitórias na primeira. Blazing Lord, duas *across the board** na quarta.

---

* Modalidade que engloba três apostas: na vitória, no placê e no show. Ou seja, o apostador tem três chances de vencer: caso o cavalo vença, caso chegue até o segundo e caso chegue até o terceiro lugar. [*N.E.*]

Hammerhead Justice, cinco vitórias na sétima. E Noble Flake, cinco vitórias e cinco placês* na nona.

Albert desligou.

— Meu corpo me rói de um lado e meu espírito me rói do outro.

— Como anda lá no hipódromo, Albert? — perguntou Myra.

— Quarenta contos na frente. Tenho uma estratégia nova. Pensei nela em uma noite em que não conseguia dormir. Tudo se desenrolou na minha frente, que nem um livro. Se eu melhorar mais um pouco, não vão mais aceitar minhas apostas. Claro que eu também podia ir ao hipódromo e fazer as apostas lá, mas...

— Mas o quê, Albert?

— Ah, pelo amor de Deus...

— Do que você tá falando, Albert?

— *Que vão ficar me encarando! Pelo amor de Deus, você não entende?*

— Desculpa, Albert.

— Não peça desculpa. Não quero sua pena!

— Tudo bem. Sem pena.

— Eu devia te encher de porrada por ser burra assim.

— Com certeza você ia conseguir. Com todas essas mãos.

— Não me tente — disse Albert.

Ele terminou a bebida e foi preparar mais outra. Depois se sentou. Louie ficou em silêncio. Sentia que devia dizer alguma coisa.

— Você devia lutar boxe, Albert. Com essas duas mãos extras... você seria um terror.

— Não vem com gracinha, imbecil.

Myra serviu outro drinque para Louie. Ficaram sentados em silêncio por um tempo. Então Albert ergueu os olhos. Olhou para Myra.

---

* Modalidade de aposta em que o apostador ganha se o cavalo chegar em primeiro ou segundo lugar. [*N.E.*]

— Tá trepando com esse cara?

— Não tô, não, Albert. Eu te amo, você sabe disso.

— Eu não sei de nada.

— Você sabe que eu te amo, Albert. — Myra chegou perto e sentou no colo de Albert. — Você é tão sensível. Não tenho pena de você, Albert, eu te amo.

Ela o beijou.

— Também te amo, querida — disse Albert.

— Mais do que qualquer outra mulher?

— Mais do que *todas* as mulheres!

Eles se beijaram de novo. Foi um beijo terrivelmente longo. Quer dizer, terrivelmente longo para Louie, sentado ali com seu drinque. Ele estendeu a mão e tocou o calombo logo acima do olho esquerdo. Aí sentiu um nó nas tripas e foi pro banheiro. Deu uma cagada lenta e longa.

Quando saiu, Myra e Albert estavam de pé no meio da sala, se beijando. Louie se sentou, pegou a garrafa de Myra e ficou olhando. Enquanto os dois braços de cima abraçavam Myra, as duas mãos de baixo levantaram o vestido dela até a cintura e foram para dentro da calcinha dela. Quando a calcinha desceu, Louie deu outro trago na garrafa, colocou-a no chão, se levantou, foi até a porta e saiu.

De volta ao Pavão Vermelho, Louie foi até sua banqueta preferida do balcão e se sentou. O bartender se aproximou.

— E aí, Louie, como você se arranjou?

— Me arranjei?

— Com a moça.

— Com a moça?

— Vocês foram embora juntos, cara. Você pegou ela?

— Não, não...

— Qual foi o problema?

— Qual foi o problema?

— Sim, qual foi o problema?

— Desce um uísque sour, Billy.

Billy foi preparar o drinque. Depois trouxe-o para Louie. Nenhum deles falou qualquer coisa. O bartender foi até a outra ponta do balcão e ficou lá. Louie ergueu o drinque e virou metade. Era um bom drinque. Ele acendeu um cigarro e segurou-o com uma mão. Segurou o drinque com a outra. O sol entrava pela porta da rua. Não tinha neblina lá fora. Seria um bom dia. Um dia melhor que ontem.

# dança do cachorro branco

Henry pegou o travesseiro, embolou atrás das costas e esperou. Louise apareceu com torrada, geleia e café. A torrada estava com manteiga.

— Tem certeza de que não quer ovos cozidos? — perguntou ela.

— Não, tudo bem. Já tá bom.

— Você devia comer uns ovos cozidos.

— Beleza, então.

Louise saiu do quarto. Ele acordou mais cedo para ir ao banheiro e percebeu que suas roupas tinham sido penduradas. Algo que Lita nunca faria. E Louise trepava muito bem. Não tinha filhos. Ele amava o jeito como ela fazia as coisas, com suavidade e cuidado. Lita estava sempre pronta para atacar... toda bruta. Quando Louise voltou com os ovos, ele perguntou:

— Qual foi o motivo?

— Motivo de quê?

— Você até descascou os ovos. Por que é que seu marido se divorciou de você?

— Ah, um instante — disse ela —, o café está fervendo!

E saiu correndo para a cozinha.

Ele podia ouvir música clássica com ela. Ela tocava piano. Tinha livros: *O Deus selvagem*, de Alvarez; *A vida de Picasso*; E.B. White; e.e. cummings; T.S. Eliot; Pound; Ibsen, e tudo o mais. E ainda tinha nove livros *dele*. Talvez essa fosse a melhor parte.

Louise voltou e se sentou na cama, pôs o prato no colo.

— O que deu errado no *seu* casamento? — pergunto.

— Qual deles? Já foram cinco!

— O último. Lita.

— Ah. Bom, Lita só achava que tinha algo acontecendo se ela estivesse *se mexendo*. Ela gostava de dança, de festa, a vida dela girava em torno disso. Gostava de "ficar chapada", nas palavras dela. Isso significava homens. Ela dizia que eu restringia as "lombras" dela. Que eu tinha ciúme.

— Você restringia?

— Acho que sim, mas tentava não fazer isso. Na última festa fui pro quintal com minha cerveja e deixei ela lá. A casa tava cheia de homem, eu conseguia ouvir ela gritando: "*Iiiirruuuu*! *Irru, irruuuu*!". Acho que ela era só uma moça do interior.

— Você podia ter dançado também.

— Acho que sim. Às vezes dançava. Mas aumentavam tanto o volume do som que nem dava pra pensar. Eu fui pro quintal. Voltei pra tomar uma cerveja e tinha um cara beijando Lita debaixo da escada. Saí até eles terminarem e depois voltei pra pegar a cerveja. Estava escuro, mas achei que tinha sido um amigo e depois perguntei o que ele estava fazendo embaixo da escada.

— Ela te amava?

— Dizia que sim.

— Beijar e dançar não é tão ruim assim, sabe.

— Acho que não. Mas você tinha que ver. Ela dançava como se estivesse se oferecendo como sacrifício. Pra estupro. Era muito eficaz. Os homens adoravam. Ela tinha trinta e três anos e dois filhos.

— Ela não percebeu que você era um cara solitário. Os homens têm naturezas diferentes.

— Ela nunca levou minha natureza em consideração. Como eu falei, ela só achava que tinha algo acontecendo se estivesse se mexendo, se excitando. Ou era isso ou ela ficava entediada. "Ah, isso e aquilo é chato. Tomar café da manhã com você é chato. Ver você escrever é chato. Preciso de desafios."

— Isso não parece tão errado.

— Acho que não. Mas sabe, só gente entediante fica entediada. Essas pessoas precisam ficar sempre arranjando alguma coisa pra se sentir vivas.

— Que nem você, com a bebida?

— É, que nem eu com a bebida. Também não consigo encarar a vida de frente.

— E era esse o problema todo?

— Não, ela era ninfomaníaca, mas não sabia disso. Ela dizia que eu a satisfazia sexualmente, mas duvido que tenha satisfeito a ninfomania espiritual dela. Lita foi a segunda ninfomaníaca com quem morei. Além disso, tinha ótimas qualidades, mas a ninfomania era constrangedora. Tanto pra mim quanto pros meus amigos. Eles me chamavam no canto e diziam: "Qual é a porra do problema dela?". E eu respondia: "Nada, ela é só uma moça do interior".

— E ela era?

— Sim. Mas a outra parte era constrangedora.

— Mais torrada?

— Não, tá ótimo.

— O que era constrangedor?

— O comportamento dela. Se tivesse outro homem no recinto, ela se sentava o mais perto possível dele. Se ele se abaixava pra apagar um cigarro no cinzeiro no chão, ela também se abaixava. Se ele virava a cabeça pra olhar alguma coisa, ela fazia o mesmo.

— Era uma coincidência?

— Eu costumava achar que sim. Mas acontecia com muita frequência. O homem se levantava pra ir pro outro lado do recinto e ela se levantava e andava do lado dele. Depois, quando ele voltava, ela também vinha para o lado dele. Foram muitos, muitos incidentes e, como eu disse, era constrangedor pra mim e pros meus amigos. E mesmo assim tenho certeza de que ela não sabia o que estava fazendo, tudo vinha do subconsciente.

— Quando eu era menina, tinha uma mulher na vizinhança com uma filha de quinze anos. A filha era incontrolável. A mãe mandava ela comprar pão e ela voltava oito horas depois com o pão, após ter trepado com seis caras.

— Acho que a mãe devia ter feito o próprio pão.

— Acho que sim. A menina não conseguia se conter. Sempre que via um homem, começava a tremer. No fim das contas, a mãe mandou castrar ela.

— É permitido fazer isso?

— Sim, mas você tem que passar por todos os procedimentos legais. Não tinha mais nada que pudesse ser feito com ela. Ela ia passar a vida inteira grávida.

Louise continuou:

— Você tem algo contra a dança?

— A maioria das pessoas dança de alegria, sentimentos bons. Ela acessava uns lugares sujos. Uma das danças preferidas de Lita era a Dança do Cachorro Branco. Um cara envolvia a perna dela com as dele e se esfregava nela que nem cachorro no cio. Uma outra preferida era a Dança Bêbada. Ela e o parceiro terminavam no chão, rolando um em cima do outro.

— Ela dizia que você tinha ciúme da dança dela?

— Essa era a palavra que ela mais usava: ciúme.

— Eu dançava na época do Ensino Médio.

— É? Olha, obrigado pelo café da manhã.

— Sem problema. Eu tinha um parceiro no Ensino Médio. Éramos os melhores dançarinos da escola. Ele tinha três bolas. Eu achava que era um sinal de virilidade.

— Três bolas?

— Sim, três bolas. Enfim, a gente sabia mesmo dançar. O sinal era um toque no pulso dele, aí a gente saltava e girava no ar, bem alto, e caía de pé. Uma vez estávamos dançando, toquei no pulso dele e dei um salto e girei, mas não caí de pé. Caí de bunda. Ele colocou a mão na boca, olhou pra mim, disse "ai, Jesus!", e foi embora. Não me pegou do chão. Ele era homossexual. Nunca mais dançamos.

— Você tem algo contra homossexuais de três bolas?

— Não, mas nunca mais dançamos.

— Lita era muito obcecada por dança. Ela entrava em bares estranhos e pedia aos homens pra dançar com ela. É claro que eles dançavam. Achavam que ia ser uma trepada fácil. Não sei se ela transava com eles. Acho que às vezes sim. O problema dos homens que dançam ou frequentam bares é que a percepção deles é que nem a da tênia.

— Como você sabe?

— Estão presos no ritual.

— Que ritual?

— O ritual da energia mal direcionada.

Henry se levantou e começou a se vestir.

— Tenho que ir, garota.

— O que foi?

— Só preciso trabalhar um pouco. Supostamente, sou escritor.

— Tem uma peça de Ibsen na TV hoje à noite. Oito e meia. Você vem?

— Claro. Deixei aquela garrafa de uísque escocês. Não beba tudo.

Henry se vestiu, desceu a escada, entrou no carro e foi para casa, para sua máquina de escrever. Segundo andar, fundos. Todos os dias, enquanto digitava, a mulher do andar de baixo batia no teto com a vassoura. Ele escrevia do jeito mais difícil, sempre foi do jeito mais difícil: *Dança do cachorro branco...*

Louise ligou às cinco e meia da tarde. Havia bebido uísque. Estava bêbada. Arrastando as palavras. Falando besteira. A leitora de Thomas Chatterton e D.H. Lawrence. A leitora de nove livros dele.

— Henry?

— Oi?

— Ah, uma coisa maravilhosa aconteceu!

— É?

— Um rapaz negro veio me ver. Ele é *lindo*! Mais bonito que você...

— Claro.

— ...mais bonito que eu e você.

— Certo.

— Ele me deixou tão excitada! Tô quase enlouquecendo!

— Certo.

— Você não liga?

— Não.

— Sabe como a gente passou a tarde?

— Não.

— Lendo seus *poemas*!

— É?

— E sabe o que ele disse?

— Não.

— Que seus poemas são *ótimos*!

— Tá ok.

— Escuta, ele me deixou tão *excitada*. Não sei o que fazer. Vem aqui? Agora? Quero te ver agora...

— Louise, estou trabalhando...

— Escuta, você não tem algo contra homens negros, tem?

— Não.

— Conheço esse menino há dez anos. Ele trabalhava pra mim quando eu era rica.

— No caso, quando você ainda estava com seu marido rico.

— Te vejo mais tarde? O Ibsen começa às oito e meia.

— Vou te avisando.

— Por que aquele filho da mãe apareceu? Eu estava bem e aí ele apareceu. Jesus. Tô tão excitada, preciso te ver. Tô ficando maluca. Ele era tão *lindo*.

— Estou trabalhando, Louise. A questão aqui é "aluguel". Tente entender.

Louise desligou. Ela ligou de novo às oito e vinte para falar sobre Ibsen. Henry disse que ainda estava trabalhando. Estava mesmo. Aí começou a beber e simplesmente ficou sentado na poltrona, sentado na poltrona. Às nove e cinquenta, escutou uma batida na porta. Era Booboo Meltzer, o astro do rock número um de 1970, atualmente desempregado, ainda vivendo de royalties.

— Oi, rapaz — cumprimentou Henry.

Meltzer entrou e se sentou.

— Cara — disse ele —, você é um coroa gato. Não consigo superar.

— Calma, rapaz, gato tá fora de moda, o negócio agora é cachorro.

— Tô pressentindo que você precisa de ajuda, coroa.

— Sempre foi assim, rapaz.

Henry entrou na cozinha, pegou duas cervejas, destampou as duas e saiu.

— Tô sem buceta, rapaz, o que pra mim é que nem estar sem amor. Não consigo separar uma coisa da outra. Não sou safo assim.

— Nenhum de nós é safo, paizão. Todo mundo precisa de ajuda.

— É.

Meltzer estava com um tubinho de celuloide. Ele bateu o tubinho com cuidado na mesa de centro e fez dois montinhos brancos.

— Isso é cocaína, paizão, *cocaína*...

— Ah.

Meltzer enfiou a mão no bolso, tirou uma nota de cinquenta dólares, enrolou bem apertado e enfiou na narina. Pressionando um dedo na outra narina, ele se curvou sobre um dos montinhos brancos na mesa de centro e inalou. Depois pegou a nota, enfiou na outra narina e puxou o segundo montinho branco.

— Neve — disse Meltzer.

— É Natal. Combina — falou Henry.

Meltzer bateu mais dois montinhos brancos e passou a nota para Henry, que disse:

— Segura aí, vou pegar a minha.

Achou uma nota de um dólar e cheirou. Uma vez com cada narina.

— O que você acha da "Dança do cachorro branco"? — perguntou Henry.

— Essa é a "Dança do cachorro branco" — disse Meltzer, batendo mais dois montinhos na mesa.

— Caramba — comentou Henry, — acho que nunca mais vou ficar entediado. Você não tá entediado comigo, né?

— Claro que não — disse Meltzer, inspirando com a nota de cinquenta com todas as suas forças. — Claro que não, paizão...

# bêbada interurbana

O telefone tocou às três da manhã. Francine se levantou, atendeu e levou o telefone para Tony na cama. O telefone era de Francine. Tony respondeu. Era Joanna, numa ligação interurbana de Frisco.

— Escuta — falou ele —, eu disse pra você nunca ligar pra mim aqui.

Joanna estava bebendo.

— Cala a boca e escuta. Você tem uma *dívida* comigo, Tony.

Tony suspirou e disse:

— Tá certo, continue.

— Como anda Francine?

— Obrigado por perguntar. Ela anda bem. Nós dois estamos ótimos. Estávamos dormindo.

— Bom, de qualquer maneira, fiquei com fome e fui comer pizza, fui a uma pizzaria.

— É?

— Você tem algo contra pizza?

— Pizza é um lixo.

— Ah, você não sabe o que é bom. Enfim, eu me sentei e pedi uma pizza especial. "Traga a melhor", falei pra eles. Eu fiquei lá sentado e eles me trouxeram e me disseram que custava dezoito dólares. Eu disse que não podia pagar dezoito dólares. Eles riram e eu comecei a comer a pizza.

— Como estão suas irmãs?

— Não moro mais com nenhuma delas. As duas me expulsaram. Foram as ligações interurbanas pra você. Umas contas de telefone passaram de duzentos dólares.

— Eu já disse pra você parar de me ligar.

— Cala a boca. É minha maneira de me conformar aos poucos. Você tem uma *dívida* comigo.

— Tá certo, continue.

— Bom, enfim, comecei a comer pizza e fiquei me perguntando como ia pagar por ela. Aí minha garganta ficou seca. Precisava de uma cerveja, então levei a pizza pro balcão e pedi uma cerveja. Bebi e comi um pouco da pizza e aí notei um texano alto parado do meu lado. De uns dois metros de altura. Pagou uma cerveja pra mim. Ele tava colocando música country no *jukebox*. O lugar era todo country. Você não gosta de música country, né?

— Eu não gosto é de pizza.

— Enfim, dei um pedaço da minha pizza pro texano alto e ele pagou outra cerveja pra mim. Ficamos bebendo cerveja e comendo pizza até a pizza acabar. Ele pagou a pizza e fomos pra outro bar. Country de novo. Dançamos. Ele dançava bem. Bebemos mais e fomos pra outros bares country. Todo bar que a gente ia era country. Bebemos cerveja e dançamos. Ele dançava muito bem.

— É?

— No fim, ficamos com fome de novo e fomos comer hambúrguer em um drive-in. Comemos nossos hambúrgueres e de repente ele chegou perto e me beijou. Foi um beijaço. Uau!

— Ah, é?

— Eu disse para irmos para o motel, mas ele queria ir para a casa dele, e eu para o motel. Mas ele insistiu que a gente fosse pra casa dele.

— Ele tinha esposa?

— Não, a esposa dele tava na prisão. Ela deu um tiro em uma das filhas deles. Ela morreu, tinha dezessete anos.

— Entendi.

— Bom, sobrou uma filha. De dezesseis anos. Ele me apresentou a ela. Depois fomos pro quarto dele.

— Eu tenho que ouvir os detalhes?

— Deixa eu *falar*! Tô pagando por essa ligação. Paguei por *todas* essas ligações! Você tem uma dívida comigo, você vai me escutar!

— Continue.

— Bom, entramos no quarto e tiramos a roupa. O pinto dele era enorme, mas parecia muito azul.

— É quando as bolas ficam azuis que dá problema.

— Enfim, fomos pra cama e brincamos um pouco. Mas tinha um problema...

— Bêbado demais?

— Sim. Mas o maior problema era que ele só ficava com tesão quando a filha dele entrava no quarto ou fazia barulho, tipo tossindo ou dando descarga. Qualquer sinal da filha deixava ele excitado, com muito tesão.

— Entendi.

— Entendeu?

— Sim.

— Enfim, de manhã ele disse que, se eu quisesse, eu podia ter uma casa pra vida inteira. E uma mesada de trezentos dólares por semana. A casa dele é muito legal: dois banheiros e um lavabo, três ou quatro televisões, uma estante cheia de livros: Pearl S. Buck, Agatha Christie, Shakespeare, Proust, Hemingway, os clássicos de Harvard, um monte de livros de receitas e a Bíblia. Ele tem dois cachorros, um gato, três carros...

— É?

— É isso que eu queria te contar. Tchau.

Joanna desligou. Tony colocou o telefone de volta no gancho. Depois colocou o telefone no chão. Então se espreguiçou. Esperava que Francine estivesse dormindo. Não estava.

— O que ela queria? — perguntou ela.

— Ela me contou uma história sobre um homem que trepava com as filhas.

— Por quê? Pra que te contar uma coisa dessas?

— Acho que ela pensou que eu teria interesse em saber. Além do fato de ela ter trepado com ele também.

— Você teve interesse em saber?

— Na verdade, não.

Francine se virou para Tony e ele deslizou o braço em torno dela. Às três da manhã, bêbados de todo o país olhavam para as paredes, depois de finalmente desistirem. Ninguém precisava ficar bêbado pra se machucar, pra ser humilhado por uma mulher; mas é possível virar um bebum depois de se machucar. Você podia pensar por um tempo, principalmente na juventude, que você tinha sorte, e às vezes tinha mesmo. Mas toda uma gama de médias e leis estavam em vigor sem que você nem soubesse, mesmo quando achava que as coisas estavam indo bem. Numa noite qualquer, numa quinta-feira quente de verão, *você* se tornou o bebum, *você* estava sozinho em uma quitinete barata, e não importa que você tenha estado lá tantas outras vezes, não adiantou de nada, foi pior ainda porque você começou a pensar que não ia passar por aquilo de novo. E só restava acender mais um cigarro, servir mais um copo, procurar por lábios e olhos nas brechas das paredes descascadas. O que homens e mulheres faziam uns com os outros estava além da compreensão.

Tony puxou Francine para mais perto de si, pressionou o corpo devagar no dela e escutou-a respirar. Era horrível ter que levar essa merda a sério de novo.

Los Angeles era tão estranha. Ele escutou. Os pássaros já estavam acordados, cantarolando, mas seguia tudo escuro. Logo as pessoas estariam se dirigindo para as rodovias. Dava para escutar o zumbido das rodovias, os carros ligando pelas ruas. Enquanto isso, os bêbados das três da manhã de todo o mundo seguiriam deitados em suas camas, tentando em vão dormir, merecendo aquele descanso, se pudessem encontrá-lo.

# como ser publicado

Depois de uma vida inteira sendo um escritor *underground*, conheci alguns editores estranhos. Mas o mais estranho de todos foi H.R. Mulloch e sua esposa, Honeysuckle. Mulloch, ex-presidiário e ex-ladrão de diamantes, era editor da revista *Demise*. Mandei minha poesia para ele e passamos a nos corresponder. Ele disse que minha poesia tinha estragado a poesia de qualquer outra pessoa para ele; eu escrevi de volta, dizendo que ela tinha feito o mesmo comigo. H.R. começou a falar sobre a possibilidade de lançar um livro com meus poemas e eu disse ok, beleza, vai fundo. Ele escreveu de volta: "Não posso pagar direitos autorais, somos pobres que nem rato de igreja". Eu respondi: "Ok, beleza, esqueça os direitos autorais, eu sou pobre que nem a tetinha murcha de uma rata de igreja". Ele respondeu: "Espera aí, a maioria dos escritores, bem, quando os conheço eles são completamente imbecis, seres humanos terríveis". Eu escrevi de volta: "Você está certo, sou completamente idiota e um ser humano terrível". "Ok", respondeu ele, "eu e Honeysuckle vamos em Los Angeles dar uma olhada em você."

O telefone tocou uma semana e meia depois. Estavam na cidade, recém-chegados de Nova Orleans, hospedados em um hotel da Third Street cheio de prostitutas, bebuns, batedores de carteira, ladrões de apartamento, lavadores de pratos, assaltantes, estranguladores e estupradores. Mulloch amava a vida das sarjetas e acho que até amava a pobreza. Pelas cartas, tive a impressão de que H.R. acreditava que a pobreza gerava pureza. É claro que é nisso que os ricos sempre quiseram que a gente acreditasse, mas aí é outra história.

Entrei no carro com Marie e descemos a rua, parando primeiro para comprar três engradados de seis cervejas e uma garrafa de uísque barato. Tinha um homenzinho de cabelo grisalho e mais ou menos um metro e meio de altura parado do lado de fora. Ele estava de azul, roupas de trabalhador, e com uma bandana (branca) no pescoço. Na cabeça, um sombreiro branco bem alto. Marie e eu fomos até ele. Estava fumando um cigarro e sorrindo.

— Você é o Chinaski?

— Sim — respondi —, e essa é Marie, minha mulher.

— Nenhum homem — respondeu ele — pode chamar uma mulher de sua. Nós nunca somos donos delas, só pegamos emprestadas por um tempo.

— Sim — falei. — Acho que assim é melhor.

Seguimos H.R. escada acima e por um corredor azul e vermelho que cheirava a assassinato.

— Esse é o único hotel que achamos na cidade que aceitava os cachorros, um papagaio e nós dois.

— Parece um lugar legal — comentei.

Ele abriu a porta, e nós entramos. Tinha dois cachorros correndo, e Honeysuckle estava parada no meio da sala com um papagaio no ombro.

— Thomas Wolfe — disse o papagaio — é o maior escritor vivo do mundo.

— Wolfe morreu — comentei. — Seu papagaio está errado.

— É um papagaio velho — disse H.R. — Já está com a gente há muito tempo.

— Há quanto tempo você está com Honeysuckle?

— Trinta anos.

— Só pegou emprestada por um tempo?

— Parece que sim.

Os cachorros corriam pelo recinto. Honeysuckle seguia no meio da sala com o papagaio no ombro. A pele era escura, devia ser italiana ou grega, muito magra, com bolsas sob os olhos; tinha uma aparência trágica, gentil e perigosa – mas mais trágica. Coloquei o uísque e a cerveja na mesa e todos avançaram em direção a eles. H.R. começou a tirar as tampas das cervejas e eu comecei a abrir o uísque. Logo vieram copos empoeirados junto com vários cinzeiros. Através da parede à esquerda, uma voz masculina explodiu de repente: "Sua puta desgraçada, quero que você coma minha merda!".

Sentamos, e eu servi o uísque. H.R. me passou um charuto. Abri, mordi a ponta e acendi.

— O que você acha da literatura moderna? — perguntou H.R.

— Não me importo de verdade com ela.

H.R. estreitou os olhos e sorriu para mim.

— Rá! Foi o que pensei!

— Olha — falei —, por que você não tira esse sombreiro da cabeça pra eu ver com quem tô lidando? Você pode muito bem ser um ladrão de cavalo.

— Não — disse ele, tirando o sombreiro com um floreio dramático —, mas eu era um dos melhores ladrões de diamantes do estado de Ohio.

— É mesmo?

— É, sim.

As mulheres estavam bebendo.

— Ah, eu amo meus cachorros — disse Honeysuckle. — Você ama cachorros? — perguntou ela.

— Não sei se amo ou não.

— Ele se ama — disse Marie.

— Marie tem uma mente muito afiada — falei.

— Gosto do jeito que você escreve — disse H.R. — Você consegue dizer muito sem fazer floreio.

— Genialidade pode ser a capacidade de dizer algo profundo de um jeito simples.

— Como é? — perguntou H.R.

Repeti a declaração e servi mais uísque.

— Preciso anotar isso — disse H.R.

Tirou uma caneta do bolso e escreveu no canto de um dos sacos de papel de embrulho que estavam em cima da mesa.

O papagaio desceu do ombro de Honeysuckle, atravessou a mesa e subiu no meu ombro esquerdo.

— Legal — comentou Honeysuckle.

— James Thurber — disse o pássaro — é o maior escritor vivo do mundo.

— Seu burrinho — falei para o pássaro.

Senti uma dor aguda na orelha esquerda. O pássaro quase tinha arrancado pedaço. Somos todos criaturas muito sensíveis. H.R. tirou mais tampas de cerveja. Seguimos bebendo.

A tarde virou noite e a noite virou madrugada. Acordei no escuro. Estava dormindo no tapete no meio da sala. H.R. e Honeysuckle estavam dormindo na cama. Marie estava dormindo no sofá. Os três roncavam, mas Marie roncava mais. Eu me levantei e me sentei à mesa. Tinha sobrado um pouco de uísque. Servi e bebi uma cerveja quente. Fiquei ali sentado, bebi mais cerveja quente. O papagaio estava sentado no encosto de uma cadeira na minha frente. De repente, ele desceu do encosto e atravessou a mesa, entre cinzeiros cheios e garrafas vazias, e subiu no meu ombro.

— Não fale aquilo — pedi —, é muito irritante quando você diz aquilo.

— Puta desgraçada — disse o papagaio.

Levantei o pássaro pelos pés e o coloquei de volta na cadeira. Depois voltei para o tapete e voltei a dormir.

De manhã, H.R. Mulloch fez um anúncio.

— Decidi publicar um livro com seus poemas. Melhor a gente ir pra casa e começar o trabalho.

— Então você percebeu que não sou um ser humano horrível?

— Não — disse H.R. —, não percebi nada, mas decidi ignorar meu bom senso e publicar você mesmo assim.

— Você era mesmo o melhor ladrão de diamantes do estado de Ohio?

— Ah, sim.

— Eu sei que você cumpriu pena. Como pegaram você?

— Foi tão estúpido que nem quero falar sobre isso.

Desci, peguei mais dois engradados de seis e voltei. Marie e eu ajudamos H.R. e Honeysuckle a fazer as malas. Tinham bolsas especiais para levar os cachorros e o papagaio. Descemos tudo pelas escadas e entramos no meu carro, depois nos sentamos e terminamos a cerveja. Éramos todos profissionais: ninguém era besta o suficiente para sugerir um café da manhã.

— Agora é sua vez de visitar — falou H.R. — Vamos organizar o livro. Você é um filho da puta, mas dá pra conversar com você. Os outros poetas estão sempre se pavoneando e dando uma de imbecis.

— Você é legal — disse Honeysuckle. — Os cachorros gostam de você.

— O papagaio também — disse H.R.

As mulheres ficaram no carro e eu voltei com H.R. para ele entregar a chave. Uma mulher velha de quimono verde e cabelos tingidos de vermelho-vivo abriu a porta.

— Essa é Mama Stafford — informou H.R. — Mama Stafford, esse é o maior poeta do mundo.

— É mesmo? — perguntou Mama.

— O maior poeta vivo do mundo — falei.

— Por que vocês não entram pra tomar uma bebida, rapazes? Parece que estão precisando.

Entramos, e cada um virou uma taça de vinho branco quente. Nos despedimos e voltamos para o carro...

Na estação de trem, H.R. pegou as passagens e despachou o papagaio e os cachorros no balcão de bagagens. Depois voltou e se sentou conosco.

— Odeio voar — disse ele. — Morro de medo de voar.

Fui buscar meio litro de cerveja e bebemos juntos enquanto esperávamos. Então começaram a carregar o trem. Estávamos parados na plataforma, e de repente Honeysuckle pulou em mim e me deu um beijo demorado. Perto do final do beijo, ela passou a língua rapidamente dentro e fora da minha boca. Acendi um charuto enquanto Marie beijava H.R. Depois H.R. e Honeysuckle entraram no trem.

— Ele é legal — disse Marie.

— Meu bem — falei —, acho que você deixou o cara animado.

— Tá com ciúme?

— Sempre.

— Olha, eles estão na janela, sorrindo pra nós.

— Que constrangedor. Queria que a porra do trem fosse embora.

Finalmente, o trem começou a andar. Nós acenamos, é claro, e eles acenaram de volta. H.R. estava com um sorriso satisfeito e feliz no rosto. Honeysuckle parecia estar chorando. Parecia bastante trágica. Depois não dava mais para vê-los. Tinha acabado. Eu estava prestes a ser publicado. Poemas selecionados. Viramos e voltamos andando pela estação de trem.

# aranha

Quando liguei, ele estava na sexta ou sétima cerveja, e eu fui até a geladeira pegar uma para mim. Depois voltei e me sentei. Ele parecia muito mal.

— O que aconteceu, Max?

— Acabei de perder uma. Foi embora faz algumas horas.

— Não sei o que dizer, Max.

Ele ergueu os olhos da cerveja.

— Olha, sei que você não vai acreditar, mas tem quatro anos que eu não dou uma.

Bebi minha cerveja.

— Eu acredito, Max. Inclusive, na nossa sociedade tem um grande número de pessoas que vão do berço ao túmulo sem dar nenhuma. Ficam em quartinhos minúsculos, fazem objetos de papel-alumínio pra pendurar na janela e ficam observando o reflexo do sol neles, as voltas que dão no vento...

— Bom, acabei de perder uma. E ela estava bem aqui...

— Conte o que aconteceu.

— Bom, a campainha tocou, e lá estava uma moça loira, de vestido branco e sapatos azuis. Ela disse: "Você é Max Miklovik?". Eu disse que sim e ela disse que tinha lido minhas paradas e perguntou se eu podia deixar ela entrar. Eu disse que sim, deixei ela entrar e ela se sentou numa cadeira no canto. Fui na cozinha e servi dois uísques com água, voltei, dei um copo pra ela e depois cheguei mais perto e me sentei no sofá.

— Gata? — perguntei.

— Gata pra caramba e gostosona, o vestido não escondia nada. Aí ela perguntou: "Você já leu Jerzy Kosinski?". "Li o *Pássaro pintado*", falei, "péssimo escritor." "Ele é um escritor muito bom", disse ela.

Max ficou ali sentado, pensando em Kosinski, eu acho.

— E aí? — perguntei.

— Aí tinha uma aranha tecendo uma teia bem em cima dela. Ela soltou um gritinho. Disse: "Aquela aranha cagou em mim!".

— E cagou mesmo?

— Eu falei que aranha não cagava. Ela disse: "Cagam, sim". E eu disse: "Jerzy Kosinski é uma aranha". E ela disse: "Eu sou Lyn". E eu disse: "Oi, Lyn".

— Que conversa.

— Pois é, que conversa. Aí ela disse: "Quero te contar uma coisa". E eu disse: "Pode contar". E ela disse: "Aprendi a tocar piano com treze anos, instruída por um conde de verdade, vi os documentos, tudo legítimo, um conde de verdade. Conde Rudolph Stauffer". "Bebe aí, bebe aí", disse a ela.

— Posso pegar outra cerveja, Max?

— Claro, pega uma pra mim também.

Quando voltei ele continuou:

— Ela terminou a bebida e eu fui pegar o copo dela. Quando peguei o copo, me inclinei pra dar um beijo nela. Ela se afastou. "Porra, que é que tem um beijo?", perguntei pra ela, "aranhas se beijam." "Aranhas não se beijam", rebateu ela. Não pude fazer mais nada além de ir na cozinha e preparar mais dois drinques, um pouco mais fortes. Saí, entreguei um pra ela e me sentei no sofá de novo.

— Acho que vocês dois deveriam estar no sofá — falei.

— Mas não estávamos. E ela continuou falando. "O conde", disse ela, "tinha testa alta, olhos cor de mel, cabelo rosa, dedos longos e finos e sempre tinha cheiro de sêmen."

— Ah.

— Ela disse: "Ele tinha sessenta e cinco anos, mas era gostoso. Ensinou minha mãe também. Minha mãe tinha trinta e cinco anos e eu treze, ele ensinou nós duas a tocar piano".

— Como você responderia a isso? — perguntei.

— Eu sei lá. Aí eu disse: "Kosinski não escreve porra nenhuma". E ela disse: "Ele fez amor com minha mãe". E eu disse: "Quem? Kosinski?". E ela disse: "Não, o conde". "O conde te comeu?", perguntei a ela. E ela disse: "Não, ele nunca me comeu. Mas ele pegava em várias partes de mim, me deixava excitada. E ele tocava piano *maravilhosamente*".

— Como você reagiu a tudo isso?

— Bom, contei pra ela da época em que trabalhei pra Cruz Vermelha na Segunda Guerra Mundial. A gente saía coletando frascos de sangue. Tinha uma enfermeira lá, cabelo preto, bem gorda, e depois do almoço ela ficava deitada na grama com as pernas abertas pra mim. Ficava me encarando. Depois de coletar o sangue, eu levava os frascos pro depósito. Lá era frio, e os frascos eram guardadas em saquinhos brancos, e às vezes, quando entregava os frascos à moça responsável pelo depósito, um frasco escorregava do saquinho e espatifava no chão. *Pou!* Sangue e vidro por toda parte. Mas a moça sempre dizia: "Tudo bem, não se preocupe com isso". Achava ela muito gentil e comecei a beijá-la sempre que entregava o sangue. Era muito gostoso beijá-la dentro daquela geladeira, mas eu nunca cheguei a lugar nenhum com a de cabelo preto que se deitava na grama depois do almoço e abria as pernas pra mim.

— Você contou isso pra ela?

— Contei isso pra ela.

— E o que ela disse?

— Ela disse: "Essa aranha tá descendo! Tá descendo em cima de mim!". Eu disse: "Ah, meu deus", e abri o Catálogo de Corrida e peguei a aranha entre a terceira corrida, de um quilômetro e duzentos, para cavalos novatos de três anos, e a quarta corrida, de um quilômetro e setecentos e prêmio de cinco mil dólares, para cavalos de quatro anos ou mais. Joguei a revista no chão e consegui dar um beijo rápido em Lyn. Ela não retribuiu.

— O que ela disse sobre o beijo?

— Disse que o pai era um gênio na indústria de computadores e raramente estava em casa, mas de alguma maneira tinha descoberto o que tinha acontecido entre a mãe dela e o conde. Um dia depois da escola, ele segurou Lyn e bateu a cabeça dela contra a parede, perguntando por que ela tinha encoberto a mãe. O pai ficou muito irritado quando descobriu a verdade. Quando ele finalmente parou de bater a cabeça dela contra a parede, entrou na casa pra bater a cabeça da mãe dela na parede. Ela disse que foi horrível e que elas nunca mais viram o conde.

— E o que você respondeu?

— Eu contei que uma vez conheci uma mulher em um bar e levei ela pra casa. Quando ela tirou a calcinha tinha tanto sangue e merda nela que eu não consegui fazer nada. Ela tinha cheiro de petróleo. Fez uma massagem nas minhas costas com azeite e eu paguei com cinco dólares, meia garrafa de vinho do Porto vencido, o endereço do meu melhor amigo e mandei ela ir embora.

— Isso aconteceu mesmo?

— Sim. Aí essa Lyn perguntou se eu gostava de T.S. Eliot. Eu disse que não. Então ela disse: "Gosto da sua escrita, Max, é tão feia e deplorável que me fascina. Estava apaixonada por você. Escrevi um monte de cartas, mas você nunca respondeu". "Desculpa, querida", falei. Ela disse: "Fiquei louca. Fui pro México.

Encontrei uma religião. Usava um xale preto e saía cantando na rua às três da manhã. Ninguém me incomodava. Eu levei todos os seus livros na mala, bebia tequila e acendia velas. Aí conheci um matador e ele me fez esquecer você. Durou várias semanas".

— Esses caras comem muita buceta.

— Eu sei — disse Max. — Enfim, ela disse que eles finalmente cansaram um do outro e falei: "Me deixa ser seu matador". E ela disse: "Você é que nem qualquer homem. Você só quer fuder". "Chupar e fuder", eu disse a ela. Fui até ela. "Me beija", falei. "Max", disse ela, "você só quer brincar. Você não se importa *comigo.*" "Eu me importo comigo", respondi. "Se você não fosse um escritor tão bom", disse ela, "mulher nenhuma ia falar com você." "Vamos trepar", falei. "Quero que você case comigo", disse ela. "Não quero casar com você", falei. Ela pegou a bolsa e foi embora.

— Esse é o fim da história? — perguntei.

— Sim, é isso — respondeu Max. — Quatro anos sem dar uma e ainda perco essa. Orgulho, estupidez, tanto faz.

— Você é um bom escritor, Max, mas não é bom com as mulheres.

— Você acha que um cara bom com as mulheres teria conseguido?

— Claro. Olha só, as jogadas dela têm que ser rebatidas com a resposta certa. Cada resposta certa leva a conversa pra uma direção nova, até que o cara consiga deixar a mulher contra a parede, ou melhor, deitada de costas.

— Como posso aprender?

— Não tem como aprender. É instinto. Você tem que saber o que uma mulher está dizendo de verdade quando diz outra coisa. Não tem como ensinar.

— O que ela estava dizendo de verdade?

— Ela queria você, mas você não soube chegar até ela. Não conseguiu construir uma ponte. Você falhou, Max.

— Mas ela leu todos os meus livros. Ela achava que eu sabia de alguma coisa.

— *Agora* ela sabe de uma coisa.

— O quê?

— Que você é um imbecil, Max.

— Sou?

— Todos os escritores são imbecis. É por isso que escrevem as coisas.

— O que você quer dizer com "é por isso que escrevem as coisas"?

— Quero dizer que eles escrevem as coisas porque não entendem as coisas.

— Eu escrevo muita coisa — disse Max, com tristeza.

— Lembro que quando era criança li um livro de Hemingway. Um cara foi pra cama com uma mulher várias vezes, mas não conseguiu fazer, mesmo que ele amasse a mulher e ela amasse ele também. Pensei: *Meu deus, que livro ótimo*. Tantos séculos e ninguém nunca escreveu sobre esse aspecto da coisa. Eu tinha achado que o cara era imbecil demais para conseguir fazer. Depois, li no livro que os órgãos genitais dele tinham sido cortados fora com um tiro na guerra. Uma decepção.

— Você acha que ela vai voltar? — perguntou Max. — Você tinha que ver aquele corpo, aquele rosto, aqueles olhos.

— Ela não vai voltar — falei, me levantando.

— Mas o que é que eu vou fazer? — indagou Max.

— Continue escrevendo seus poemas e contos e romances lamentáveis...

Deixei Max ali e desci a escada. Não tinha mais nada que eu pudesse dizer a ele. Eram sete e quarenta e cinco da noite e eu ainda não tinha jantado. Entrei no carro e fui até o McDonald's, pensando que provavelmente ia pedir o camarão frito.

# a morte do pai I

O funeral do meu pai foi como um hambúrguer frio. Sentei em frente à funerária de Alhambra e tomei um café. Seria uma curta viagem até o hipódromo depois que tudo acabasse. Entrou um homem com o rosto descascando, óculos muito redondos de lentes grossas.

— Henry — disse ele, depois se sentou e pediu um café.

— Oi, Bert.

— Seu pai e eu nos tornamos bons amigos. A gente falava muito de você.

— Eu não gostava do meu coroa — falei.

— Seu pai te amava, Henry. Ele esperava que você casasse com Rita. — Rita era filha de Bert. — Ela está saindo com um cara *ótimo*, mas não se empolga com ele. Parece que ela vai atrás dos falsos. Não entendo. Mas deve gostar um pouco dele — disse ele, se animando —, porque esconde o bebê no armário sempre que ele aparece.

— Vamos, Bert, vamos embora.

Atravessamos a rua e entramos no funeral. Alguém estava dizendo que meu pai tinha sido um bom homem. Deu vontade de contar a outra parte. Aí alguém cantou. Nós nos levantamos e passamos pelo caixão. Fui o último. *Talvez eu cuspa nele*, pensei.

Minha mãe estava morta. Eu a enterrara no ano anterior. Depois fui para o hipódromo e depois trepei. A fila andou. Aí uma mulher gritou:

— Não, não, não! Ele não pode estar morto!

Ela se abaixou no caixão, levantou a cabeça dele e o beijou. Ninguém impediu. Os lábios dela estavam nos dele. Peguei meu pai e a mulher pelo pescoço e separei os dois. Meu pai caiu de volta no caixão e a mulher foi posta pra fora, tremendo.

— Aquela era a namorada do seu pai — disse Bert.

— Não é feia — falei.

Quando desci as escadas depois do velório, a mulher estava esperando. Ela correu até mim.

— Você é a *cara* dele! Você *é* ele!

— Não — respondi —, ele está morto e eu sou mais novo e mais legal.

Ela jogou os braços ao meu redor e me beijou. Empurrei a língua entre seus lábios. Depois me afastei.

— Ei, ei — falei em voz alta —, se recomponha!

Ela me beijou de novo, e dessa vez eu enfiei minha língua mais fundo em sua boca. Meu pênis começou a ficar duro. Uns homens e uma mulher vieram para levar ela embora.

— Não — disse ela —, quero ir com ele. Preciso falar com o filho dele!

— Olha, Maria, por favor, venha com a gente!

— Não, não, preciso falar com o filho dele!

— Tudo bem? — me perguntou um homem.

— Tudo bem — falei.

Maria entrou no meu carro e fomos até a casa do meu pai. Abri a porta e entramos.

— Dê uma olhada — disse. — Você pode ficar com o que quiser. Vou tomar um banho. Funerais me deixam suado.

Quando saí, Maria estava sentada na beira da cama do meu pai.

— Ah, você está usando o roupão dele!

— É meu agora.

— Ele *amava* esse roupão. Dei pra ele no Natal. Ele tinha tanto orgulho desse roupão. Dizia que ia dar uma volta no quarteirão vestido nele pra todos os vizinhos verem.

— E deu?

— Não.

— É um bom roupão. É meu agora.

Peguei um maço de cigarro na mesa de cabeceira.

— Ah, são os cigarros dele! — exclamou ela.

— Quer um?

— Não.

Acendi o meu.

— Tem quanto tempo que você conhece ele?

— Mais ou menos um ano.

— E você não descobriu?

— Descobri o quê?

— Que ele era um homem ignorante. Cruel. Patriota. Sovina. Mentiroso. Covarde. Uma fraude.

— Não.

— Surpreendente. Você parece uma mulher inteligente.

— Eu amava seu pai, Henry.

— Quantos anos você tem?

— Quarenta e três.

— Inteiraça. Suas pernas são lindas.

— Obrigada.

— Pernas sensuais.

Fui até a cozinha e peguei uma garrafa de vinho no armário, tirei a rolha, peguei duas taças e voltei. Servi o vinho e entreguei a taça a ela.

— Seu pai falava muito de você.

— É?

— Dizia que você não tinha ambição.

— Ele tava certo.

— Sério?

— Minha única ambição é não ser nada; parece a opção mais sensata.

— Você é estranho.

— Não, meu pai era estranho. Deixa eu encher sua taça de novo. Esse é um bom vinho.

— Ele disse que você era um bebum.

— Tá vendo, eu *conquistei* alguma coisa.

— Você se parece tanto com ele.

— Só superficialmente. Ele gostava de ovos com gema mole, eu gosto de ovos bem cozidos. Ele gostava de companhia, eu gosto de solidão. Ele gostava de dormir à noite, eu gosto de dormir de dia. Ele gostava de cachorro, eu puxava as orelhas deles e enfiava fósforos no cu deles. Ele gostava do trabalho dele, eu gosto de ficar deitado.

Estendi os braços e agarrei Maria. Fiz ela abrir a boca, coloquei a minha dentro da dela e comecei a sugar o ar de seus pulmões. Cuspi na garganta dela e passei o dedo pela fenda da bunda dela. Nos afastamos.

— Ele me beijava com carinho — disse Maria. — Ele me amava.

— Porra — falei —, minha mãe foi pra baixo da terra só um mês antes de ele começar a chupar seus mamilos e compartilhar papel higiênico com você.

— Ele me amava.

— Caralho. O medo de ficar sozinho levou ele até sua vagina.

— Ele disse que você era um jovem amargo.

— Pra caralho. Olha quem eu tive como pai.

Levantei o vestido de Maria e comecei a beijar suas pernas. Comecei pelos joelhos. Cheguei na parte interna da coxa, e ela se abriu para mim. Dei uma mordida forte. Ela saltou e peidou.

— Ah, desculpe.

— Tudo bem — falei.

Preparei outra bebida para ela, acendi um dos cigarros do meu pai morto e fui na cozinha pegar mais uma garrafa de vinho. Bebemos mais uma ou duas horas. A tarde estava virando noite, mas eu estava cansado. A morte era tão chata. Essa era a pior parte da morte. Era chata. Depois que acontecia, não restava mais nada a se fazer. Não dava para jogar tênis com ela, transformá-la em uma caixa de bombons. Ela só ficava lá, que nem um pneu furado. A morte era estúpida. Subi na cama. Ouvi Maria tirando os sapatos, a roupa, depois senti ela na cama ao meu lado. A cabeça dela estava no meu peito, e senti meus dedos esfregando atrás das orelhas dela. Meu pênis começou a subir. Levantei a cabeça de Maria e coloquei a boca na dela. Com cuidado. Depois peguei a mão dela e coloquei no meu pau.

Eu tinha bebido vinho demais. Subi nela. Meti e meti. Eu estava sempre quase lá, mas não conseguia gozar. Estava dando pra ela uma trepada suada, comprida, sem fim. A cama sacudia e quicava, balançava e gemia. Maria gemia. Eu a beijei e beijei. Ela ofegava, em busca de ar.

— Meu deus — falou ela —, você está me *fodendo mesmo!*

Eu só queria gozar, mas o vinho tinha afetado o mecanismo. Finalmente saí de cima dela.

— Deus — gemeu ela. — Deus.

Começamos a nos beijar, e tudo começou de novo. Subi nela mais uma vez. Dessa vez senti o clímax chegando devagar.

— Ah — falei —, ah, meu deus!

Finalmente consegui, me levantei, fui ao banheiro, saí fumando um cigarro e voltei para a cama. Ela estava quase dormindo.

— Meu deus — disse ela —, você realmente me *fodeu!*

Dormimos.

De manhã levantei, vomitei, escovei os dentes, gargarejei e abri uma garrafa de cerveja. Maria acordou e olhou para mim.

— A gente trepou? — perguntou ela.

— Tá falando sério?

— Não, eu quero saber. A gente trepou?

— Não — falei —, não aconteceu nada.

Maria foi ao banheiro e tomou banho. Cantou no chuveiro. Depois se enxugou e saiu. Olhou para mim.

— Eu sinto como se tivessem me fodido.

— Não aconteceu nada, Maria.

Nós nos vestimos, e a levei para um café na esquina. Ela comeu linguiça e ovos mexidos, torradas e café. Tomei um copo de suco de tomate e comi um muffin.

— Não consigo superar. Você é a cara dele.

— Hoje não, Maria, por favor.

Enquanto observava Maria colocar ovos mexidos, linguiça e torradas (com geleia de framboesa) na boca, percebi que tínhamos perdido o enterro. Esquecemos de ir ao cemitério para ver o coroa ser jogado no buraco. Eu queria ter visto isso. Era a única parte boa daquilo tudo. Em vez de participar do cortejo fúnebre, fomos pra casa do meu pai, fumamos os cigarros dele e bebemos o vinho dele.

Maria colocou uma quantidade particularmente grande de ovo mexido amarelo brilhante na boca e disse:

— Você deve ter me fodido. Tô sentindo seu sêmen escorrendo pela minha perna.

— Ah, é só suor. A manhã está muito quente.

Eu a vi enfiar a mão por baixo da mesa e do vestido. Um dedo voltou. Ela cheirou.

— Não é suor, é sêmen.

Maria terminou de comer e saímos. Ela me disse o endereço dela e eu a levei até em casa. Estacionei na calçada.

— Quer entrar?

— Agora não. Tenho que resolver umas coisas. Burocracia.

Maria chegou perto e me beijou. Os olhos muito grandes, afetados, secos.

— Eu sei que você é bem mais novo, mas eu poderia amar você — disse ela. — Tenho certeza.

Quando chegou à porta, ela se virou. Nós dois acenamos. Dirigi até o depósito de bebidas mais próximo, peguei meia garrafa e o Catálogo de Corrida do dia. Estava ansiando por um dia bom no hipódromo. Sempre me saía melhor depois de um dia de folga.

# a morte do pai II

Minha mãe havia morrido um ano antes. Uma semana depois da morte de meu pai, fiquei sozinho na casa dele. Era em Arcadia, e o mais próximo que eu tinha estado da casa em muito tempo foi quando passei pela rodovia a caminho de Santa Anita.

Eu era um desconhecido para os vizinhos. O funeral acabou e fui até a pia, enchi um copo de água, bebi e saí. Sem saber mais o que fazer, peguei a mangueira, liguei e comecei a regar os arbustos. As cortinas se abriram enquanto eu estava no gramado da frente. Então começaram a sair de suas casas. Uma mulher veio do outro lado da rua.

— Você é o Henry? — perguntou ela.

Eu disse que era.

— Conhecíamos seu pai há anos.

Então o marido dela se aproximou.

— Também conhecíamos sua mãe — comentou ele.

Eu me abaixei e desliguei a mangueira.

— Vocês querem entrar? — perguntei.

Eles se apresentaram como Tom e Nellie Miller, e entramos em casa.

— Você é a cara do seu pai.

— É, dizem isso mesmo.

Nós nos sentamos e encaramos uns aos outros.

— Ah — disse a mulher —, ele tinha *tantos* quadros. Devia gostar de quadros.

— É. Gostava, né?

— Amo o quadro do moinho de vento ao pôr do sol.

— Pode ficar com ele.

— Ah, posso?

A campainha tocou. Eram os Gibson. Os Gibson me disseram que também eram vizinhos do meu pai há anos.

— Você é a cara do seu pai — disse a sra. Gibson.

— Henry deu o quadro do moinho de vento pra gente.

— Que legal. Eu *amo* aquele quadro com o cavalo azul.

— Pode ficar com ele, sra. Gibson.

— Ah, é mesmo? Sério?

— Sim, tudo bem.

A campainha tocou novamente, e outro casal entrou. Deixei a porta entreaberta. De repente um homem enfiou a cabeça lá dentro.

— Eu sou Doug Hudson. Minha esposa está no cabeleireiro.

— Entre, sr. Hudson.

Outros chegaram, a maioria em pares. Começaram a circular pela casa.

— Você vai vender a casa?

— Acho que sim.

— É um bairro ótimo.

— Dá pra perceber.

— Ah, eu *amo* essa moldura, mas não gosto da foto.

— Leve a moldura.

— Mas o que eu faço com a foto?

— Jogue fora. — Eu olhei em volta. — Se alguém gostar de algum quadro, por favor, pode levar.

E assim fizeram. Logo as paredes estavam nuas.

— Você precisa dessas cadeiras?

— Não preciso, não.

Quem passava na rua já entrava sem nem se dar ao trabalho de se apresentar.

— E o sofá? — perguntou alguém bem alto. — Você quer?

— Não quero o sofá — falei.

Levaram o sofá, depois a mesa e as cadeiras da copa.

— Tem uma torradeira aqui em algum lugar, né, Henry?

Levaram a torradeira.

— Você não precisa desses pratos, né?

— Não.

— E os talheres?

— Não.

— E a cafeteira e o liquidificador?

— Pode levar.

Uma das senhoras abriu um armário no quintal.

— E essas frutas em conserva? Você não vai conseguir comer tudo isso.

— Beleza, pessoal, peguem um pouco. Mas tentem dividir igualmente.

— Ah, eu quero os morangos!

— Ah, eu quero os figos!

— Ah, eu quero a marmelada!

As pessoas continuavam saindo e voltando, trazendo pessoas novas junto.

— Ei, tem uma garrafa de uísque no armário! Você bebe, Henry?

— Deixa o uísque.

A casa estava ficando lotada. Alguém deu descarga. Alguém derrubou um copo da pia e o copo quebrou.

— É melhor você ficar com esse aspirador, Henry. Pode usar no seu apartamento.

— Beleza, vou ficar com ele.

— Tinha umas ferramentas de jardinagem na garagem. E as ferramentas de jardinagem?

— Não, melhor eu ficar com elas.

— Te dou quinze dólares pelas ferramentas de jardinagem.

— Tá bom.

Ele me deu os quinze dólares e eu lhe entreguei a chave da garagem. Logo escutei o homem empurrando o cortador de grama até a casa dele, do outro lado da rua.

— Você não devia ter dado todo aquele equipamento pra ele por quinze dólares, Henry. Valia muito mais que isso.

Eu não respondi.

— E o carro? Tem quatro anos.

— Acho que vou ficar com o carro.

— Te dou cinquenta dólares pelo carro.

— Acho que vou ficar com o carro.

Alguém enrolou o tapete da sala. Depois disso as pessoas começaram a perder o interesse. Logo restaram apenas três ou quatro. Depois todas sumiram. Deixaram a mangueira de jardim, a cama, a geladeira, o fogão e um rolo de papel higiênico.

Saí e tranquei a porta da garagem. Dois menininhos passaram de patins. Pararam enquanto eu estava trancando tudo.

— Tá vendo aquele homem?

— Aham.

— O pai dele morreu.

E saíram patinando. Peguei a mangueira, abri a torneira e comecei a regar as rosas.

# harry ann landers

O telefone tocou. Era Paul, o escritor. Paul estava deprimido. Paul estava em Northridge.

— Harry?

— Oi?

— Nancy e eu terminamos.

— É?

— Olha, eu quero voltar com ela. Você me ajuda? A menos que *você* queira voltar com ela?

Harry sorriu no telefone.

— Não quero voltar com ela, Paul.

— Não sei o que deu errado. Começou com a questão do dinheiro. Ela começou a gritar por causa de dinheiro. Ficava balançando conta de telefone na minha cara. Cara, eu andei dando duro. Bolei um número. Barney e eu vestidos de pinguim... ele diz um verso de um poema, eu digo o outro... quatro microfones... um grupo de jazz tocando atrás da gente...

— Contas de telefone, Paul, podem distrair bastante — disse Harry. — Você tem que ficar fora da linha dela quando estiver bêbado. Você conhece muitas pessoas no Maine, em Boston e New Hampshire. Nancy tem ansiedade neurótica. Ela não consegue ligar o carro sem surtar. Ela põe o cinto, começa a tremer e a buzinar. Maluquinha. E isso se estende a outras áreas. Ela não consegue entrar em uma farmácia sem se ofender porque um funcionário tá mastigando uma barra de chocolate.

— Ela diz que sustentou *você* por três meses.

— Sustentou meu pau. Principalmente com cartões de crédito.

— Você é tão bom quanto dizem?

Harry riu.

— Eu dou alma pra elas. Não dá pra medir isso em centímetros.

— Quero voltar com ela. Me diz o que eu faço?

— Ou chupa buceta que nem homem ou encontra um emprego.

— Mas *você* não trabalha.

— Não se compare comigo. Esse é o erro que a maioria das pessoas comete.

— Mas onde posso arranjar uma graninha? Eu dei duro mesmo. O que eu faço?

— Chupa ar.

— Você não tem piedade, não?

— Só quem tem piedade quem precisa dela.

— Você vai precisar de piedade um dia.

— Preciso agora... só que preciso de uma forma diferente da sua.

— Preciso de uma grana, Harry, como eu faço?

— Acerta uma cesta longa. De três pontos. Se conseguir, vai ficar limpo. Se errar, é cela de xadrez... sem conta de luz, telefone, gás, sem mulher enchendo o saco. Você pode aprender um ofício e ganhar quatro centavos por hora.

— Você sabe acabar com um homem.

— Ok, para de cu doce que eu te conto uma coisa.

— Já parei.

— Eu diria que Nancy te largou porque tem outro cara. Preto, branco, vermelho ou amarelo. Se ligue nessa regra e você vai estar sempre protegido: uma mulher raramente se afasta de uma vítima sem ter outra por perto.

— Cara — disse Paul —, preciso de ajuda, não de teoria.

— Se você não entender a teoria, sempre vai precisar de ajuda...

Harry pegou o telefone e discou o número de Nancy.

— Alô? — Ela atendeu.

— É Harry.

— Ah.

— Ouvi na boca miúda que te enrolaram no México. Ele levou tudo?

— Ah, assim...

— Um toureiro espanhol fracassado, né?

— Com olhos tão *lindos*. Não são como os seus. Ninguém consegue *ver* seus olhos.

— Não quero que ninguém veja meus olhos.

— Por que não?

— Se vissem o que estou pensando, não conseguiria enganá-los.

— Então você ligou pra dizer que tá indo às cegas?

— Você já sabe. Liguei pra dizer que Paul quer voltar. Isso te ajuda de alguma forma?

— Não.

— Foi o que pensei.

— Ele ligou mesmo pra você?

— Sim.

— Ah, tenho um homem novo agora. Ele é maravilhoso!

— Eu disse a Paul que você provavelmente estava interessada em outra pessoa.

— Como você sabia?

— Eu sabia.

— Harry?

— Sim, boneca?

— Vai se fuder...

Nancy desligou.

Olha aí, pensou ele, eu *tento* trazer a paz e os dois ficam chateados. Harry entrou no banheiro e se olhou no espelho. O rosto dele era tão bonzinho. Eles não viam isso? Compreensão. Nobreza. Avistou um cravo perto do nariz. Espremeu. O cravo saiu, escuro e bonitinho, arrastando uma cauda amarela de pus. A grande sacada, pensou ele, é compreender as mulheres e o amor. Embolou o cravo e o pus com os dedos. Ou talvez a grande sacada fosse a capacidade de matar sem se importar. Sentou para cagar enquanto pensava no assunto.

# cerveja no bar da esquina

Não sei há quantos anos foi, talvez uns quinze ou vinte. Estava sentado em casa. Era uma noite quente de verão e eu me sentia enfadonho.

Saí pela porta e desci a rua. Já tinha passado da hora do jantar para a maioria das famílias, e elas estavam sentadas assistindo à TV. Caminhei até a avenida. Do outro lado da rua havia um bar de bairro, um lugar antigo com um balcão de madeira, pintado de verde e branco. Entrei.

Depois de passar uma vida inteira em bares, perdi totalmente a afeição por eles. Quando queria beber alguma coisa, geralmente comprava em um depósito de bebidas, levava para casa e bebia sozinho.

Entrei e achei uma banqueta longe da multidão. Não estava me sentindo mal, só deslocado. Mas se eu quisesse sair, não tinha outro lugar para ir. Na nossa sociedade, a maioria dos lugares interessantes de visitar ou é ilegal ou é muito cara.

Pedi uma garrafa de cerveja e acendi um cigarro. Era apenas mais um bar de bairro. Todo mundo se conhecia. Contavam piadas de sacanagem e viam TV. Só tinha uma mulher lá dentro, velha, de vestido preto e peruca vermelha. Usava uma dúzia de colares e acendia o cigarro toda hora. Comecei a desejar estar no meu quarto de novo e decidi voltar lá depois de terminar minha cerveja.

Um homem entrou e se sentou na banqueta ao lado da minha. Não olhei para o cara, não estava interessado, mas pela voz dele imaginei que ele tivesse mais ou menos a minha idade. Era conhecido no bar. O bartender o chamou pelo nome e alguns clientes o cumprimentaram. Ele estava sentado do meu lado com uma cerveja havia uns três ou quatro minutos quando disse:

— Oi, como é que vai?

— Tudo ok.

— Você é novo na vizinhança?

— Não.

— Nunca vi você aqui antes.

Não respondi.

— Você é de Los Angeles? — perguntou ele.

— Majoritariamente.

— Você acha que os Dodgers vão conseguir esse ano?

— Não.

— Você não gosta dos Dodgers?

— Não.

— De quem você gosta?

— Ninguém. Não gosto de beisebol.

— Do que você gosta?

— Boxe. Tourada.

— Touradas são cruéis.

— Sim, tudo é cruel quando você perde.

— Mas o touro não tem chance.

— Ninguém tem.

— Você é negativo pra cacete. Você acredita em Deus?

— Não no seu tipo de deus.

— Em que tipo, então?

— Não sei bem.

— Frequento a igreja desde que me entendo por gente.

Não respondi.

— Posso te pagar uma cerveja? — perguntou ele.

— Claro.

As cervejas chegaram.

— Você leu o jornal hoje? — indagou ele.

— Li.

— Você leu sobre aquelas cinquenta meninas que morreram queimadas no orfanato de Boston?

— Sim.

— Foi horrível, né?

— Acho que sim.

— Você *acha* que sim?

— Sim.

— Você não *sabe*?

— Se eu estivesse lá, acho que teria pesadelos com isso pro resto da vida. Mas é diferente só ler no jornal.

— Você não sente tristeza por aquelas cinquenta meninas que queimaram até a morte? Estavam gritando, penduradas nas janelas.

— Deve ter sido horrível. Mas veja, foi só uma manchete de jornal, uma história de jornal. Eu realmente não pensei muito sobre o assunto. Virei a página.

— Quer dizer que você não sentiu nada?

— Na verdade, não.

Por um momento o homem ficou só sentado bebendo a cerveja dele. Aí ele gritou:

— *Ei, esse cara aqui diz que não sentiu porra nenhuma quando leu sobre as cinquenta meninas órfãs queimadas até a morte em Boston!*

Todo mundo olhou para mim. Olhei para o meu cigarro. Houve um minuto de silêncio. Aí a mulher de peruca ruiva disse:

— Se eu fosse homem, dava uma surra nesse cara.

— *E ele também não acredita em Deus!* — disse o cara do meu lado. — *Ele odeia beisebol. Ele ama tourada e gosta de ver meninas órfãs queimarem até a morte!*

Pedi outra cerveja ao bartender. Ele empurrou a garrafa para mim com repugnância. Dois rapazes estavam jogando sinuca. O mais novo, um menino grande de camisa branca, largou o taco e veio até mim. Ficou atrás de mim puxando ar para os pulmões, tentando inflar o peito.

— Esse bar aqui é legal. Não toleramos imbecis por aqui. Imbecil aqui a gente chuta com força e enche de porrada, enche de porrada até matar!

Conseguia senti-lo em pé atrás de mim. Peguei minha garrafa de cerveja e enchi o copo, bebi e acendi um cigarro. Minha mão estava completamente firme. Ele ficou ali por um tempo, depois finalmente voltou para a mesa de sinuca. O homem que estava do meu lado saiu da banqueta e foi para longe.

— Esse filho da puta é negativo — ouvi ele dizer. — Ele odeia gente.

— Se eu fosse homem — disse a mulher de peruca vermelha —, eu fazia esse aí implorar por misericórdia. Não suporto esse tipo de filho da mãe.

— É assim que os caras que nem Hitler falam — disse alguém.

— Imbecis cheios de ódio.

Bebi a cerveja e pedi outra. Os dois rapazes continuaram a jogar sinuca. Algumas pessoas foram embora, e os comentários sobre mim começaram a diminuir, exceto pela mulher de peruca vermelha. Ela ficou mais bêbada.

— Babaca, babaca... você é um verdadeiro babaca! Você fede a esgoto! Aposto que você também odeia seu país, né? Seu país, sua mãe e todo mundo. Ah, eu conheço esse tipo! Babacas, babacas covardes de merda!

Ela finalmente foi embora por volta de uma e meia da manhã. Um dos rapazes da sinuca foi embora. O menino de camiseta branca se sentou na ponta do bar e conversou com o cara que tinha comprado a cerveja para mim. Cinco para as duas, me levantei devagar e saí.

Ninguém foi atrás de mim. Subi a avenida, cheguei na minha rua. As luzes das casas e dos apartamentos estavam apagadas. Cheguei na frente da minha casa. Abri a porta e entrei. Tinha uma cerveja na geladeira. Abri e bebi.

Tirei a roupa, fui ao banheiro, mijei, escovei os dentes, apaguei a luz, fui até a cama, deitei e dormi.

# a ascensão do pássaro

Íamos entrevistar a famosa poeta Janice Altrice. O editor da *America in Poetry* estava me pagando cento e setenta e cinco dólares para escrever sobre ela. Tony me acompanhava com a câmera na mão. Ele receberia cinquenta pelas fotos. Eu tinha pegado um gravador emprestado. O lugar ficava nas colinas, no fim de uma estrada comprida. Encostei o carro, tomei um gole de vodca e passei a garrafa para Tony.

— Ela bebe? — perguntou Tony.

— Provavelmente não — respondi.

Liguei o carro e fomos em frente. Viramos à direita por uma estrada estreita de terra. Janice estava parada na frente da casa, esperando por nós. Ela estava de calça e blusa branca com gola alta de renda. Saímos do carro e andamos até onde ela estava, na encosta do gramado. Depois de nos apresentarmos, liguei o gravador.

— Tony vai tirar umas fotos suas — disse a ela —, aja naturalmente.

— Claro — respondeu ela.

Subimos a encosta, e ela apontou para a casa.

— Compramos quando os preços estavam baixos. Se fosse agora não conseguiríamos mais. — Então ela apontou para uma casa menor na lateral do morro. — Ali é meu estúdio, nós mesmos construímos. Tem até banheiro. Podem vir ver.

Fomos atrás dela. Ela apontou de novo.

— Aqueles canteiros de flores. Nós mesmos plantamos. Somos ótimos com flores.

— Lindo — disse Tony.

Ela abriu a porta do estúdio, e entramos. Era grande e fresco, com requintados cobertores indianos e artefatos nas paredes. Tinha uma lareira, uma estante, uma escrivaninha grande com uma máquina de escrever elétrica, um dicionário completo, papel, cadernos. Ela era miúda e tinha o cabelo bem curto. As sobrancelhas eram grossas. Ela sorria com frequência. No canto de um olho, tinha uma cicatriz profunda que parecia ter sido feita com um canivete.

— Vamos ver — falei —, você tem um metro e cinquenta e cinco e pesa...?

— Cinquenta e um quilos.

— Idade?

Janice riu enquanto Tony tirava a foto dela.

— É direito de uma mulher não responder a essa pergunta. — Ela riu de novo. — Pode colocar que sou atemporal.

Era uma mulher de aparência grandiosa. Eu conseguia vê-la palestrando em alguma faculdade, lendo seus poemas, respondendo perguntas, preparando uma nova geração de poetas, mostrando o caminho para a vida. Provavelmente também tinha pernas bonitas. Tentei imaginá-la na cama, mas não consegui.

— No que você está pensando? — perguntou ela.

— Você tem boa intuição?

— Claro. Vou fazer um café. Vocês dois precisam de algo para beber.

— Você tem razão.

Janice preparou o café, e fomos lá para fora. Saímos por uma porta lateral. Tinha um parquinho em miniatura, balanços e trapézios, caixas de areia, essas coisas. Um mocinho de uns dez anos desceu correndo a encosta.

— Esse é Jason, meu caçula, meu bebê — disse Janice da porta.

Jason era um pequeno deus de cabelos desgrenhados, loiro, de calça curta e camisão roxo. Os sapatos eram dourados e azuis. Ele parecia ser saudável e cheio de energia.

— Mamãe, mamãe! Vem me empurrar no balanço! Empurra, empurra! — Jason correu até o balanço, sentou e esperou.

— Agora não, Jason, estamos ocupados.

— Empurradinha, empurradinha, mamãe!

— Agora não, Jason...

— *Mamãe mamãe mamãe mamãe mamãe mamãe mamãe!* — gritou Jason.

Janice foi até Jason e começou a empurrá-lo. Ele foi para a frente e para trás, para cima e para baixo. Nós ficamos esperando. Depois de um bom tempo eles terminaram e Jason desceu do balanço. Um espesso fio de catarro verde escorria de uma das narinas dele. Ele veio até mim.

— Gosto de me masturbar — disse ele. Depois saiu correndo.

— Nós não o constrangemos — explicou Janice. Ela olhou para as colinas de maneira sonhadora. — Nós costumávamos andar a cavalo aqui. Lutamos contra as empreiteiras. Agora o mundo exterior está chegando cada vez mais perto, sorrateiramente. Mas ainda é um lugar adorável. Foi depois que caí de um cavalo e quebrei a perna que escrevi meu livro, *A ascensão do pássaro, um coro mágico*.

— Sim, eu lembro — disse Tony.

— Plantei aquela sequoia faz vinte e cinco anos — apontou ela. — Naquela época nossa casa era a única aqui, mas as coisas mudam, né? Principalmente a poesia. Há muitas coisas novas e empolgantes. Mas também há tantas coisas horríveis.

Voltamos para dentro, e ela serviu o café. Sentamos para tomar o café. Perguntei a ela quem eram seus poetas favoritos. Janice mencionou rapidamente alguns dos mais jovens: Sandra Merrill, Cynthia Westfall, Roberta Lowell, Irmã Sarah Norbert e Adrian Poor.

— Escrevi meu primeiro poema na escola, um poema para o Dia das Mães. A professora gostou tanto que me pediu pra ler na frente da turma.

— Seu primeiro recital, hein?

Janice riu.

— É, acho que dá pra dizer isso. Sinto muita saudade dos meus pais. Eles morreram há mais de vinte anos.

— Isso não é muito comum.

— Não tem nada de incomum no amor — disse ela.

Ela tinha nascido em Huntington Beach e vivido a vida inteira na Costa Oeste. O pai era policial. Janice começou a escrever sonetos no ensino médio, quando teve a sorte de frequentar uma disciplina ministrada por Inez Claire Dickey.

— Ela me apresentou à disciplina da forma poética. — Janice serviu mais café. — Sempre levei muito a sério a ideia de ser poeta. Estudei com Ivor Summers em Stanford. Minha primeira publicação foi na *Antologia de poetas ocidentais*, organizada por Summers.

Summers foi uma influência profunda para ela – no princípio. O grupo de Summers era bom: Ashberry Charleton, Webdon Wilbur e Mary Cather Henderson.

Mas depois Janice rompeu com eles e se juntou aos poetas de "versos longos".

Janice fazia faculdade de Direito enquanto também estudava poesia. Depois de se formar, ela se tornou secretária jurídica.

Casou com o namorado do ensino médio no início dos anos 1940, "aqueles anos sombrios e trágicos de guerra". O marido dela era bombeiro.

— Evoluí para uma dona de casa-poeta.

— Tem banheiro aqui? — perguntei.

— A porta à sua esquerda.

Entrei no banheiro enquanto Tony a circulava, tirando fotos. Urinei e tomei um bom gole de vodca. Fechei o zíper, saí do banheiro e me sentei novamente.

No final dos anos 1940, os poemas de Janice Altrice começaram a florescer em várias revistas. Seu primeiro livro, *Ordeno que tudo verdeje*, foi publicado por Alan Swillout. Foi seguido por *Passarinho, passarinho, passarinho, nunca morra*, também lançado por Swillout.

— Voltei a estudar — contou ela. — UCLA. Fiz mestrado em Jornalismo e em Inglês. Recebi meu título de doutora em inglês no ano seguinte e, desde o início dos anos 1960, ensino inglês e redação criativa na universidade estadual daqui.

Muitos prêmios adornavam as paredes de Janice: uma medalha de prata do Clube de Afídios de Los Angeles pelo poema "Tintella"; um certificado de primeiro lugar do Grupo Poético de Lodestone Mountain por seu poema "Percussionista sábio". Havia muitos outros prêmios e títulos. Janice foi até sua mesa e pegou alguns de seus trabalhos em andamento. Leu vários poemas longos para nós. Mostravam um crescimento impressionante. Perguntei o que ela achava da cena poética contemporânea.

— Há *tantas* pessoas — disse ela — que atendem pelo nome de *poeta*. Mas não têm nenhum treinamento, nenhum sentimento pelo ofício. Os selvagens tomaram conta do castelo. Não existe trabalho bem-feito, nem cuidado, só a exigência da aceitação. E todos esses novos poetas parecem admirar uns aos outros. Isso me preocupa, e já falei sobre isso com muitos amigos poetas. Parece que poetas jovens acham que só precisam de uma máquina de escrever e de uns pedaços de papel. Mas não estão preparados, não tiveram preparação nenhuma.

— Acho que não — falei. — Tony, já tirou fotos o suficiente?

— Sim — respondeu Tony.

— Outra coisa que me perturba — disse Janice — é que os poetas do *establishment* recebem muitos prêmios e bolsas. Os poetas ocidentais são ignorados.

— É possível que os poetas orientais sejam melhores? — perguntei.

— Certamente penso que não.

— Bom — falei —, acho que está na hora de ir embora. Uma última pergunta. Como é seu processo de escrever um poema?

Ela fez uma pausa. Acariciou com os dedos compridos o tecido pesado que cobria sua cadeira. O sol que já se punha entrava pela janela e lançava sombras na sala. Ela falou devagar, como se sonhasse.

— Começo a sentir um poema vindo de longe. Chega perto de mim como um gato, por cima do tapete. Vem com suavidade, mas sem desprezo. Demora sete ou oito dias. Fico deliciosamente agitada, empolgada, é um sentimento muito especial. Eu sei que ele está ali, e aí ele vem com uma *descarga* de prazer, e é fácil, muito fácil. A glória de criar um poema é uma coisa tão majestosa, tão sublime!

Desliguei o gravador.

— Obrigado, Janice, envio cópias da entrevista quando for publicada.

— Espero que tenha corrido tudo bem.

— Correu muito bem, com certeza.

Ela nos acompanhou até a porta. Tony e eu descemos a encosta até nosso carro. Eu me virei para trás. Ela estava parada ali. Acenei. Janice sorriu e acenou de volta. Entramos no carro, descemos a curva, encostei e destampei a garrafa de vodca.

— Deixa um gole pra mim — pediu Tony.

Dei um gole e deixei um pra ele.

Tony jogou a garrafa pela janela. Fomos embora, descendo rapidamente das colinas. Bom, era melhor que trabalhar num lava-jato. Eu só tinha que transcrever a fita e selecionar duas ou três fotos. Descemos das colinas bem a tempo de pegar o engarrafamento no horário de pico. Merda do caralho. Poderíamos ter calculado o tempo muito melhor.

# noite fria

Leslie estava caminhando sob as palmeiras. Pisou em um cocô de cachorro. Eram dez e quinze da noite no leste de Hollywood. O mercado subiu vinte e dois pontos naquele dia, e os especialistas não sabiam explicar por quê. Eram muito melhores em explicar quando o mercado caía. A desgraça os alegrava. Estava frio no leste de Hollywood. Leslie fechou o botão de cima do casaco e estremeceu. Curvou os ombros para se proteger do frio.

Um homenzinho de chapéu de feltro cinza se aproximou dele. Tinha um rosto que parecia a frente de uma melancia, sem nenhuma expressão. Leslie puxou um cigarro e entrou no caminho do homenzinho. Tinha uns quarenta e cinco anos, talvez um metro e setenta e seis, uns sessenta quilos.

— O senhor tem fósforo? — perguntou ao homem.

— Ah, sim...

Quando o homem enfiou a mão no bolso, Leslie deu uma joelhada na virilha dele. O homem grunhiu e se curvou para a frente, e Leslie deu uma porrada no pé do ouvido dele. Quando o homem caiu no chão, Leslie se ajoelhou e o virou para a frente. Puxou a faca e passou na garganta do homem sob o luar gelado do leste de Hollywood.

Foi tudo muito estranho. Como um sonho lembrado pela metade. Leslie não tinha certeza se aquilo estava acontecendo mesmo ou não. No início o sangue pareceu hesitar, ficou só a ferida profunda. Depois o sangue jorrou. Leslie recuou, enjoado. Levantou e foi embora. Depois voltou, enfiou a mão no bolso do homem, pegou a carteira de fósforos, se acendeu o cigarro e desceu a rua até seu apartamento. Leslie nunca tinha fósforos suficientes, parecia que um homem nunca tinha fósforos suficientes. Fósforos e canetas esferográficas...

Leslie se sentou com um uísque com água na mão. O rádio estava tocando um pouco de Copeland. Bom, Copeland não era lá essas coisas, mas era melhor que Sinatra. A gente tem que se virar com o que tem. Era o que o coroa dele dizia. Foda-se o coroa dele. Fodam-se os crentes. Foda-se Billy Graham e o cu enrugado dele.

Alguém bateu na porta. Era Sonny, o jovem loiro que morava do outro lado da quadra. Sonny era metade homem e metade pau, e estava sempre confuso. A maioria dos caras com paus grandes tinha problemas quando a trepada acabava. Mas Sonny era mais gentil que a maioria; ele era brando, gentil e um pouquinho inteligente. Às vezes era até engraçado.

— Olha, Leslie, queria conversar com você um pouquinho.

— Beleza. Mas, porra, tô cansado. Fiquei no hipódromo o dia todo.

— Ruim, né?

— Quando voltei pro estacionamento depois que tudo acabou, descobri que um filho da puta tinha arrancado meu para-choque quando saiu de lá. Uma merda, sabe.

— Como foi lá com os cavalos?

— Ganhei duzentos e oitenta dólares. Mas tô cansado.

— Ok. Vou ser rápido.

— Beleza. Qual é o caso? Sua coroa? Por que você não dá uma surra nela? Vocês dois vão se sentir melhor.

— Não, minha coroa está bem. É só... merda, sei lá. As coisas, sabe. Parece que não consigo *começar* nada. Não consigo *começar*. Tudo está fechado. Não tem mais cartas na mesa.

— Porra, isso é normal. A vida é um jogo unilateral. Mas você tem só vinte e sete anos, talvez tenha sorte em alguma coisa, de alguma forma.

— Como você tava quando tinha minha idade?

— Pior que você. Eu ficava deitado no escuro de noite, bêbado, na rua, esperando que alguém me atropelasse. Sem sorte.

— Você não conseguia pensar em uma solução?

— Essa é uma das coisas mais difíceis, descobrir qual vai ser seu primeiro passo.

— Sim. As coisas parecem tão inúteis.

— A gente assassinou o filho de Deus. Você acha que o Desgraçado vai nos perdoar? Posso até estar louco, mas sei que Ele não está!

— Você fica aí sentado de roupão rasgado e tá bêbado metade do tempo, mas tem mais juízo do que qualquer pessoa que eu conheço.

— Ei, gostei disso. Você conhece muita gente?

Sonny só deu de ombros.

— O que eu preciso saber é: tem alguma saída? Tem algum tipo de saída?

— Rapaz, não tem saída. Os psiquiatras vão aconselhar a gente a praticar xadrez, colecionar selos ou jogar sinuca. Qualquer coisa pra não pensar nessas questões maiores.

— Xadrez é chato.

— Tudo é chato. Não tem escapatória. Você sabe o que uns vagabundos antigos tatuavam no braço? "*Nascido para morrer.*" Por mais brega que pareça, é uma sabedoria essencial.

— O que você acha que os vagabundos têm tatuado no braço agora?

— Sei lá. Deve ser algo tipo "*só Jesus ressalva*".

— Não tem como fugir de Deus, né?

— Talvez Ele é que não consiga fugir da gente.

— Bom, olha, é sempre bom conversar com você. Sempre me sinto melhor depois de falar com você.

— Só chegar, rapaz.

Sonny se levantou, abriu e fechou a porta e foi embora. Leslie serviu mais um copo de uísque. Bom, os Los Angeles Rams tinham escolhido a linha de defesa. Uma boa jogada. Tudo na vida estava evoluindo em direção à *defesa*. A cortina de ferro, a mente de ferro, a vida de ferro. Um treinador firme de verdade ia mandar chutar para cima sempre que o time pegasse a bola e nunca mais ia perder jogo nenhum.

Leslie terminou o uísque, abaixou as calças e coçou a bunda, enfiando bem os dedos. Pessoas que curavam as hemorroidas eram idiotas. Quando não tinha mais ninguém por perto, era melhor ter elas que ficar sozinho. Leslie serviu mais uísque. O telefone tocou.

— Alô?

Era Francine. Francine gostava de impressionar Leslie. Gostava de achar que impressionava. Mas era uma chatona. Leslie pensava muitas vezes em como ele era bonzinho por deixá-la encher o saco daquele jeito. Qualquer outro cara bateria o telefone na cara dela como uma guilhotina.

Quem foi que escreveu aquele ensaio excelente sobre a guilhotina? Camus? Camus, sim. Camus também era chatão. Mas o ensaio sobre a guilhotina e *O estrangeiro* eram excepcionais.

— Almocei hoje no Hotel Beverly Hills — comentou ela. — Fiquei com uma mesa só pra mim. Comi uma salada e bebi uns drinques. Dustin Hoffman estava lá e outras estrelas de cinema também. Conversei com as pessoas sentadas perto de mim, e elas sorriram e acenaram com a cabeça, várias mesas cheias de sorrisos e acenos, carinhas amarelas que nem narcisos. Continuei conversando e continuaram sorrindo. Acharam que eu era meio maluca, e o jeito que tinham de se livrar de mim era sorrindo. Foram ficando cada vez mais nervosos. Entendeu?

— Claro.

— Achei que você gostaria de escutar essa história.

— Aham...

— Tá sozinho? Quer companhia?

— Cansado demais essa noite, Francine.

Depois de um tempo, Francine desligou. Leslie tirou a roupa, coçou a bunda de novo e foi ao banheiro. Passou fio dental entre os poucos dentes que restavam. Que coisa feia os que ficaram na boca. Ele devia quebrar tudo com um martelo. Tanta briga de beco e ninguém derrubou os dentes da frente. Bom, tudo ia desaparecer um dia. Findar. Leslie colocou um pouco de pasta de dente na escova de dentes elétrica e tentou ganhar tempo.

Depois ficou sentado na cama por um longo tempo com um último copo de uísque e um cigarro. Eram pelo menos alguma coisa para fazer enquanto se esperava para ver como as coisas iriam acabar. Ele olhou para a caixa de fósforos que estava segurando e de repente percebeu que era a que havia tirado do homem com cara de melancia. O pensamento assustou Leslie. Aquilo tinha acontecido mesmo ou não? Ele olhou para a caixa de fósforos, pensando. Olhou o rótulo:

MIL ETIQUETAS PERSONALIZADAS
COM SEU NOME E ENDEREÇO
APENAS UM DÓLAR

*Ah*, pensou ele, *até que não parece um mau negócio*.

# um favor para don

Rolei na cama e peguei o telefone. Era Lucy Sanders. Eu conhecia Lucy havia dois ou três anos, sexualmente havia três meses. Tínhamos acabado de terminar. A história que ela estava contando era a de que me largou porque eu era um bebum, mas a verdade é que eu a troquei pela minha namorada anterior.

Ela não aceitou bem. Decidi que deveria explicar a ela por que era necessário terminar com ela. A regra chama de "terminar bem". Eu queria ser um cara legal. Quando cheguei lá, a amiga dela me deixou entrar.

— Que porra você quer?

— Quero terminar bem com Lucy.

— Ela tá no quarto.

Entrei. Ela estava na cama, bêbada, só de calcinha. Quase tinha esvaziado uma garrafa de uísque. Tinha uma panela no chão, em que ela tinha vomitado.

— Lucy — falei.

Ela virou a cabeça.

— É você, você voltou! Sabia que você não ia ficar com aquela vagabunda.

— Calma aí, meu bem, só vim explicar por que terminei. Eu sou um cara legal. Pensei em explicar.

— Você é um desgraçado. Você é um homem horrível!

Eu me sentei na beira da cama, peguei a garrafa da cabeceira e tomei um golão.

— Valeu. Mas você sabia que eu amava Lilly. Você sabia disso quando eu morava com você. Eu e ela... temos um acordo.

— Mas você disse que ela tava te matando!

— Puro drama. As pessoas se separam e voltam o tempo todo. Faz parte do processo.

— Eu te botei pra dentro da minha casa. Eu te salvei.

— Eu sei. Você me salvou pra Lilly.

— Seu desgraçado, você não sabe reconhecer uma mulher boa!

Lucy se debruçou na beirada da cama e vomitou.

Terminei a garrafa.

— Você não devia beber essas coisas. É veneno.

Ela se levantou.

— Fica comigo, Larry, não volta pra ela. Fica comigo!

— Não posso, meu bem.

— Olha essas pernas! Eu tenho pernas lindas! Olha esses peitos! Eu tenho peitos lindos!

Joguei a garrafa no lixo.

— Desculpa, tenho que ir, meu bem.

Lucy pulou da cama em minha direção com os punhos fechados. Os socos me atingiram na boca, no nariz. Deixei Lucy extravasar por alguns segundos, depois segurei os pulsos dela e a joguei de volta na cama. Me virei e saí do quarto. A amiga dela estava na sala.

— A pessoa tenta ser um cara legal e acaba com um arranhão no nariz — falei.

— Você nunca vai ser um cara legal — disse ela.

Bati a porta, entrei no carro e fui embora.

* * *

Era Lucy no telefone.

— Larry?

— Sim. O que é?

— Escuta, quero conhecer seu amigo, Don.

— Por quê?

— Você disse que ele era seu único amigo. Gostaria de conhecer seu único amigo.

— Putz, caralho, beleza.

— Valeu.

— Vou na casa dele depois de visitar minha filha na quarta-feira. Vou passar lá umas cinco. Por que você não aparece umas cinco e meia e eu te apresento a ele?

Passei o endereço e as instruções. Don Dorn era pintor. Era vinte anos mais novo que eu e morava em uma casinha na praia. Virei para o lado e voltei a dormir. Eu sempre dormia até meio-dia. Era o segredo do meu sucesso.

Don e eu tínhamos tomado duas ou três cervejas antes de Lucy chegar. Ela parecia animada e trouxe uma garrafa de vinho. Apresentei os dois, e Don abriu o vinho. Lucy se sentou entre nós e bebeu a taça dela de uma vez só. Don e eu continuamos com a cerveja.

— Ah — disse Lucy, olhando para Don —, ele é *maravilhoso*!

Don não disse nada. Ela puxou a camisa dele.

— Você é tão *maravilhoso*! — Ela esvaziou a taça e encheu de novo. — Você saiu do banho agora?

— Acho que uma hora atrás.

— Ah, você tem cachos no cabelo! Você é *maravilhoso*!

— Como vai a pintura, Don? — perguntei.

— Não sei. Tô ficando cansado do meu estilo. Acho que preciso descobrir outra área.

— Ah, os quadros da parede são seus? — perguntou Lucy.

— Sim.

— São incríveis! Você vende?

— Às vezes.

— Eu *amei* seus peixes! Onde você arranjou todos esses aquários?

— Comprei.

— Olha aquele peixe laranja! Eu *amei* o peixe laranja!

— É. Ele é legal.

— Eles comem os outros peixes?

— Às vezes.

— Você é *maravilhoso*!

Lucy bebeu taça após taça de vinho.

— Você tá bebendo muito rápido — falei.

— Olha quem tá falando.

— Você ainda tá com a Lilly? — perguntou Don.

— Firme que nem ouro — respondi.

Lucy esvaziou a taça. A garrafa estava vazia.

— Com licença — disse ela.

E correu para o banheiro. Depois a ouvimos vomitando.

— Como é que tão os cavalos? — perguntou Don.

— Muito bem agora. Como é que tá sua vida? Alguma trepada boa recentemente?

— Tive uma maré de azar.

— Tenha fé. Sua sorte pode mudar.

— Espero mesmo que sim.

— Lilly só melhora. Não sei como ela faz isso.

Lucy saiu do banheiro.

— Meu deus, tô enjoada, tô tonta! — Ela se jogou na cama de Don e se esticou. — Tô tonta.

— Só feche os olhos — instruí.

Lucy ficou deitada na cama olhando para mim e gemendo. Don e eu bebemos mais cerveja. Aí eu disse que precisava ir embora.

— Continue saudável — falei.

— Deus abençoe — disse ele.

Deixei Don parado na soleira da porta, bastante bêbado, e fui embora.

Rolei na cama e peguei o telefone.

— Alô?

Era Lucy.

— Desculpa por ontem à noite. Bebi o vinho muito rápido. Mas limpei o banheiro como uma boa menina. Don é um cara legal. Gosto muito dele. Talvez eu compre uma das pinturas dele.

— Bom. Ele precisa da grana.

— Você não tá chateado comigo, né?

— Pelo quê?

Ela riu.

— Ah, por ficar enjoada e tudo mais.

— Todo mundo nesse país fica enjoado de vez em quando.

— Não sou bebum.

— Eu sei.

— Vou ficar o fim de semana inteiro em casa, se quiser me ver.

— Quero, não.

— Você não tá chateado, Larry?

— Não.

— Beleza, então. Tchau-tchaaau.

— Tchau-tchaaaau.

Coloquei o telefone no gancho e fechei os olhos. Se eu continuasse ganhando no hipódromo, compraria um carro novo. Ia me mudar para Beverly Hills. O telefone tocou de novo.

— Alô?

Era Don.

— Tudo bem com você? — perguntou ele.

— Tudo bem. Você tá bem?

— Tudo bem.

— Vou me mudar para Beverly Hills.

— Parece ótimo.

— Quero morar mais perto da minha filha.

— Como anda sua filha?

— Ela é linda. Ela tem tudo, por dentro e por fora.

— Teve alguma notícia de Lucy?

— Ela acabou de ligar.

— Ela me chupou.

— Como foi?

— Não consegui gozar.

— Sinto muito.

— Não foi culpa sua.

— Espero que não.

— Bom, você tá bem então, Larry?

— Acho que sim.

— Ok, mande notícia.

— Claro. Tchau, Don.

Coloquei o telefone de volta no gancho e fechei os olhos. Eram só dez e quarenta e cinco, e eu sempre dormia até meio-dia. A vida é tão gentil quanto a gente deixa que seja.

# louva-a-deus

*Hotel Angel's View*. Marty pagou ao recepcionista, pegou a chave e estava subindo a escada. Não foi uma noite agradável. Quarto 222. O que significava aquilo? Ele entrou e acendeu a luz. Baratas rastejaram para dentro do papel de parede, mastigando, se mexendo, mastigando. Tinha um telefone lá, um telefone público. Ele colocou uma moeda e discou o número. Ela atendeu.

— Toni? — perguntou ele.

— Sim, é a Toni... — disse ela.

— Toni, tô ficando maluco.

— Eu disse que ia te ver. Onde você tá?

— No Angel View, na Sixth com a Coronado, quarto 222.

— Vejo você daqui a algumas horas.

— Você não pode vir agora?

— Olha, eu tenho que levar as crianças pra casa do Carl, depois quero parar e ver o Jeff e a Helen, não vejo os dois há anos...

— Toni, eu te amo, pelo amor de Deus, quero ver você agora!

— Talvez se você largasse sua esposa, Marty...

— Essas coisas levam tempo.

— Vejo você daqui a algumas horas, Marty.

— Escuta, Toni...

Ela desligou. Marty foi até a cama e se sentou na beira. Este seria seu último envolvimento. Exigia demais dele. Mulheres eram mais fortes que homens. Já sabiam todas as jogadas. Ele não sabia jogada nenhuma.

Alguém bateu na porta. Ele foi abrir. Era uma loira de trinta e poucos anos com uma roupa azul rasgada. O rímel era bem roxo e o batom, bem pesado. Cheirava levemente a gim.

— Escuta, você não se importa se eu ligar minha TV, né?

— Não, tudo bem, pode ligar.

— O último cara que ficou no seu quarto era maluco. Eu ligava a TV e ele começava a bater nas paredes.

— Tudo bem. Pode ligar sua TV.

Marty fechou a porta. Ele tirou o penúltimo cigarro do maço e acendeu. Aquela Toni estava no sangue dele, ele tinha que tirá-la do sangue. Alguém bateu na porta de novo. Era a loira de novo. O rímel era roxo e os olhos quase combinavam; claro que era impossível, mas parecia que ela tinha passado mais uma camada de batom.

— Sim? — disse Marty.

— Escuta — falou ela —, você sabe o que a fêmea do louva-a-deus faz quando eles fazem o negócio?

— Que negócio?

— Trepar.

— O que ela faz?

— Ela come a cabeça dele. Enquanto eles estão fazendo o negócio, ela come a cabeça dele. Bom, acho que tem jeito pior de morrer, né?

— Sim — disse Marty —, tipo câncer.

A loira entrou no quarto e fechou a porta atrás de si. Ela foi até a única cadeira e se sentou. Marty se sentou na cama.

— Você ficou excitado quando eu disse "trepar"? — perguntou ela.

— Fiquei um pouco.

A loira se levantou da cadeira, foi até a cama e colocou a cabeça bem perto da de Marty, olhou nos olhos dele e chegou os lábios bem perto dos dele. Aí ela disse:

— *Trepar, trepar, trepar*! — Ela se aproximou um pouco mais e disse mais uma vez: — *Trepar!*

Depois ela voltou a se sentar na cadeira.

— Qual o seu nome? — perguntou Marty.

— Lilly. Lilly LaVell. Eu era stripper em Burbank.

— Eu sou Marty Evans. Prazer em conhecer você, Lilly.

— *Trepar* — disse Lilly devagar, abrindo os lábios e mostrando a língua.

— Você pode ligar sua TV quando quiser — falou Marty.

— Já ouviu falar da aranha viúva-negra? — perguntou ela.

— Não sei.

— Bom, vou te contar. Depois que eles fazem o negócio... *trepar*... ela come ele vivo.

— Ah — disse Marty.

— Mas tem jeito pior de morrer, né?

— Sim, talvez lepra.

A loira se levantou e ficou andando para cima e para baixo.

— Fiquei bêbada na noite passada, tava na estrada, ouvindo um concerto de trompa, Mozart, a trompa me *transpassou,* eu estava a cento e trinta quilômetros por hora, dirigindo com o cotovelo e ouvindo esse concerto de trompa, você acredita?

— Claro, acredito.

Lilly parou de caminhar e olhou para Marty.

— Você acredita que posso te colocar na boca e fazer coisas que nunca foram feitas com um homem?

— Bom, não sei no que acreditar.

— Ah, eu posso, eu posso...

— Você é legal, Lilly, mas tenho que encontrar minha namorada daqui a uma hora.

— Bom, vou preparar você pra ela.

Lilly passou para o lado de Marty, abriu o zíper dele e puxou o pênis de dentro do short.

— Ah, ele é bonitinho!

Lilly molhou o dedo do meio da mão direita e começou a esfregar a cabeça e a parte de trás da cabeça do pau dele.

— Mas é tão roxo!

— Que nem seu rímel...

— Ah, ele está ficando tão *grande*!

Marty riu. Uma barata rastejou para fora do papel de parede para acompanhar o momento. Depois saiu outra. Elas mexeram as antenas. De repente, a boca de Lilly estava no pênis dele. Ela o segurou logo abaixo da cabeça e chupou. A língua dela era feito uma lixa; parecia que ela sabia todos os pontos certos. Marty olhou para o topo da cabeça de Lilly e ficou muito excitado. Ele começou a acariciar o cabelo dela, e sons escaparam de sua boca. Então, de repente, ela mordeu o pau dele com força. Quase o partiu ao meio. Depois, ainda mordendo, ergueu a cabeça rapidamente. Um pedaço da cabeça do pau de Marty tinha se partido. Ele gritou e rolou para um lado e para o outro na cama. A loira se levantou e cuspiu. Pedaços de carne e sangue se espalharam no tapete. Depois ela andou até a porta, abriu, fechou e foi embora.

Marty tirou a fronha do travesseiro e segurou-a contra o pênis. Ele estava com medo de olhar. Sentia as batidas do próprio coração no corpo inteiro, principalmente lá embaixo. O sangue começou a se espalhar pela fronha. Aí o telefone tocou. Ele conseguiu levantar, chegar perto e atender.

— Sim?

— Marty?

— Sim?

— É a Toni.

— Sim, Toni...

— Sua voz tá engraçada...

— Sim, Toni...

— Só consegue dizer isso? Tô na casa do Jeff e da Helen. Te vejo em cerca de uma hora.

— Certo.

— Ei, o que tem de errado com você? Eu pensei que você me amava?

— Não sei mais, Toni...

— Beleza, então — disse ela, com raiva, e desligou.

Marty conseguiu achar uma moeda e colocar no telefone.

— Operador, quero um serviço de ambulância particular. Chame alguém bem rápido. Talvez eu esteja morrendo...

— O senhor já consultou seu médico?

— Operador, por favor, me consiga um serviço de ambulância particular!

No quarto ao lado, a loira estava sentada na frente da TV. Ela estendeu a mão e ligou. Tinha chegado bem a tempo para o programa de Dick Cavett.

# mercadoria quebrada

Frank entrou na rodovia no meio do trânsito.

Ele era atendente da American Clock Company. Há seis anos. Nunca tinha segurado um emprego durante seis anos, e agora o desgraçado do trabalho estava mesmo o matando. Mas aos quarenta e dois anos, sem ensino superior e com a taxa de desemprego de dez por cento no país, ele não tinha muita escolha. Era o décimo quinto ou décimo sexto emprego dele, e todos tinham sido terríveis.

Frank estava cansado e queria chegar em casa e tomar uma cerveja. Manobrou o carro para pegar a pista rápida. Quando chegou na pista, já não tinha mais tanta certeza de que estava com pressa para chegar em casa. Fran estaria esperando por ele. Como fazia há quatro anos.

Ele sabia o que estava por vir. Fran mal podia esperar para dar o primeiro golpe verbal. Ele sempre esperava o primeiro golpe dela. Jesus, ela mal podia esperar para meter a porrada. E era porrada, porrada, porrada...

Frank sabia que era um perdedor. Não precisava que Fran o lembrasse do fato, que chamasse atenção para isso. Seria de se imaginar que duas pessoas morando juntas se ajudariam. Mas não, eles adquiriram o hábito da crítica. Ele criticava ela, ela criticava ele. Os dois eram perdedores. Agora só restava ver quem ia conseguir ser mais sarcástico em relação a tudo isso.

E o filho da puta do Meyers. Meyers voltou para o departamento de entregas dez minutos antes do fim do expediente e ficou lá em pé.

— Frank.

— Sim?

— Você está colocando etiquetas de FRÁGIL em todas as encomendas?

— Sim.

— Você está embalando com cuidado?

— Sim.

— Estamos tendo cada vez mais reclamações de nossos clientes sobre recebimento de mercadorias quebradas.

— Acho que acontecem acidentes no processo de transporte.

— Você tem certeza de que está embalando as encomendas corretamente?

— Sim.

— Talvez seja melhor a gente tentar empresas de transporte diferentes?

— São todas iguais.

— Bom, eu quero ver uma melhora. Menos danos.

— Sim, senhor.

No passado, Meyers controlava a American Clock Company, mas a bebida e um casamento ruim acabaram com ele. Meyers teve que vender a maior parte de suas ações e agora era somente um gerente-assistente. Ele tinha largado a bebida e, como resultado, estava sempre irritado. Meyers tentava continuamente chamar a atenção de Frank e irritá-lo. Para enfim ter uma desculpa para demiti-lo.

Não tinha nada pior do que ex-bebum e crente renascido em Cristo, e Meyers era as duas coisas...

Frank entrou atrás de um carro velho na pista rápida. Era um sedã velho que bebia muita gasolina e soltava um rastro sujo de fumaça pelo escapamento. Os para-choques estavam quebrados e balançavam quando o sedã andava. A pintura quase tinha desaparecido do carro, era quase incolor, um cinza esfumaçado.

Nada disso incomodava Frank. O que incomodava Frank era que o carro andava muito devagar, na mesma velocidade que o carro da pista ao lado. Ele checou o velocímetro. Todos estavam a oitenta por hora. Por quê?

Talvez isso não importasse. Fran estava esperando. Era Fran de um lado e Meyers do outro. O único momento em que ficava sozinho, o único momento em que ninguém o atacava, era quando ia e quando voltava do trabalho. Ou quando estava dormindo.

Mas mesmo assim não gostava de ficar encurralado na estrada. Não fazia sentido. Ele olhou para os dois caras no banco da frente do sedã. Os dois estavam conversando ao mesmo tempo e rindo. Eram dois jovens baderneiros de vinte e três ou vinte e quatro anos. Frank ficou feliz por não ter que ouvir a conversa. Os baderneiros estavam começando a encher o saco dele.

Então Frank viu uma oportunidade. O carro à direita do sedã velho estava indo um pouco mais rápido, avançando. Frank entrou atrás do outro carro.

Começou a sentir o gosto da liberdade. Seria uma pequena vitória depois de um dia horrível e com uma noite horrível pela frente. Ia conseguir.

Aí, quando ele estava se preparando para entrar na frente do sedã velho, o baderneiro no volante pisou no acelerador, foi mais para a frente e ficou lado a lado com o carro da outra faixa.

Frank voltou para trás do carro dos baderneiros. Ainda estavam conversando e rindo. Ele viu o adesivo no fundo do carro. JESUS TE AMA.

Depois viu outro no para-brisa de trás. THE WHO.

Bom, eles tinham Jesus e The Who. Por que diabo não podiam deixar Frank passar?

Frank continuou atrás deles, colado no para-choque traseiro. Continuaram conversando e rindo. E dirigindo exatamente na mesma velocidade do carro à sua direita. A oitenta por hora.

Frank checou o retrovisor. Havia um fluxo ininterrupto de engarrafamento até onde a vista alcançava.

Frank conduziu seu carro da pista rápida para a pista do lado e depois passou para a pista lenta. O trânsito estava mais rápido lá. Ele contornou um carro indo para a esquerda e depois conseguiu se soltar no espaço aberto. Quando fez isso, viu o sedã velho acelerar. Os baderneiros chegaram do lado dele. Frank checou o velocímetro. Cem por hora. Frank aumentou para cento e cinco. Os baderneiros continuaram lá. Ele aumentou para cento e dez. Os baderneiros seguiram perto dele.

*Agora* estavam com pressa. Por quê?

Frank pisou fundo no acelerador. O carro só aguentava até cento e vinte. Ou ele queimava o motor ou pedia arrego. Os baderneiros estavam acompanhando o carro dele, embora também estivessem forçando o motor do sedã até a morte.

Frank olhou para eles. Dois jovens loiros com tufos de cavanhaque. Os rostos olharam para ele. Rostos insossos que nem bunda de peru, com buraquinhos no lugar da boca.

O baderneiro ao lado do motorista deu o dedo para ele.

Frank apontou primeiro para o cara do dedo e depois para o motorista. Depois apontou para a saída da rodovia. Ambos assentiram.

Frank os conduziu até a saída da rodovia. Ele parou em um sinal. Eles esperaram atrás dele. Depois Frank virou à direita e seguiu com os baderneiros atrás dele. Dirigiu até encontrar um supermercado. Entrou no estacionamento. Observou a plataforma de carregamento. Estava escuro lá atrás. O mercado estava fechado. A área estava deserta, com as portas de aço abaixadas. Não tinha nada lá atrás além de espaço e pilhas de caixas de madeira vazias. Frank parou na plataforma de carregamento. Saiu do carro, passou a chave e subiu a rampa até a plataforma. Os baderneiros estacionaram o sedã velho ao lado do carro dele e saíram.

Subiram a rampa em direção a ele. Nenhum dos dois pesava mais de sessenta quilos. Juntando os dois, só tinham uns quinze quilos a mais que ele.

Aí o cara que tinha mostrado o dedo disse:

— Tá bom, seu velho de merda!

E correu em direção a Frank, emitindo um som agudo e estridente, as mãos abertas em um gesto que parecia caratê. O baderneiro girou, tentou dar um chute para trás, errou, depois deu a volta e bateu na orelha de Frank com a lateral da mão. Não foi nada além de um tapa. Frank colocou o peso de seus cem quilos em um forte soco de direita na barriga do baderneiro, e o rapaz caiu na calçada segurando a barriga.

O outro baderneiro sacou e abriu um canivete.

— Vou cortar suas bolas fora! — disse a Frank.

Frank esperou enquanto o baderneiro avançava, trocando nervosamente a faca de uma mão para outra. Frank recuou em direção às caixas. O baderneiro avançou fazendo uns chiados.

Frank esperou, com as costas apoiadas nas caixas. Então, quando o baderneiro avançou, Frank estendeu o braço, pegou uma caixa e jogou nele. A caixa acertou a cara do baderneiro. Na mesma hora, ele avançou e segurou o braço onde estava o canivete. A lâmina caiu no chão, e Frank torceu o braço do baderneiro atrás das costas dele. Ele empurrou o braço para cima o máximo que conseguiu.

— *Por favor, não quebre meu braço!* — guinchou o baderneiro.

Frank soltou o baderneiro e chutou forte a bunda dele. O rapaz caiu para a frente, agarrando a bunda. Frank pegou o canivete, dobrou a lâmina, guardou no bolso e caminhou lentamente de volta para o carro. Quando entrou e deu partida, viu os dois baderneiros parados, um do lado do outro, perto do sedã velho, observando ele. Não estavam mais conversando e rindo.

De repente, ele acelerou o carro na direção deles. Eles se dispersaram e, no último momento, Frank desviou. Diminuiu a velocidade e saiu do estacionamento.

Percebeu que suas mãos tremiam. Tinha sido um dia e tanto. Ele dirigiu pela avenida. O carro andava mal, engasgando, como se quisesse reclamar dos maus-tratos que sofreu na rodovia.

Então Frank viu o bar. The Lucky Knight. Tinha estacionamento na frente. Ele estacionou, desceu e entrou.

Frank se sentou no balcão e pediu uma Bud.

— Onde fica o telefone?

O bartender falou para ele. Era perto da latrina. Ele colocou a moeda e discou o número.

— Oi? — Fran atendeu.

— Escuta, Fran, vou me atrasar um pouco. Me seguraram. Te vejo em breve.

— Seguraram? Quer dizer que você foi roubado?

— Não, me meti numa briga.

— Uma *briga*? Não diga isso! Você não consegue machucar nem uma mosca!

— Fran, gostaria que você não usasse essas expressões antigas e obsoletas.

— Ah, mas é verdade! Você não consegue machucar nem uma mosca!

Frank desligou e voltou para o balcão. Pegou sua garrafa de Bud e deu um gole.

— Gosto de homem que bebe direto da garrafa!

Tinha uma pessoa sentado ao lado dele. Uma mulher. Ela tinha uns trinta e oito anos, sujeira embaixo das unhas, e o cabelo tingido de loiro estava preso frouxamente no topo da cabeça. Duas argolas prateadas pendiam de suas orelhas, e a boca estava cheia de batom. Ela lambeu os lábios devagar, depois enfiou um Virginia Slim na boca e acendeu.

— Diana.

— Frank. Você bebe o quê?

— Ele sabe... — A mulher fez um gesto para o bartender. O homem pegou uma garrafa da marca de uísque preferida dela e foi até os dois. Frank tirou uma nota de dez e colocou no balcão.

— Você tem um rosto fascinante — disse Diana. — O que você faz?

— Nada.

— Exatamente meu tipo de homem.

Ela ergueu o drinque e pressionou a perna na dele enquanto bebia. Com a unha, Frank descolou devagar o rótulo da cerveja molhada da garrafa. Diana terminou sua bebida. Frank fez um gesto para o bartender.

— Mais dois.

— Sim, vai querer o quê?

— Vou querer o dela.

— Vai querer o dela? — perguntou o bartender. — *Uau!*

Todo mundo riu. Frank acendeu um cigarro e o bartender trouxe a garrafa que ele pediu. De repente, parecia que a noite seria muito boa, afinal.

# rebatida

Acho que eu tinha uns vinte e oito anos naquela época. Não estava trabalhando, mas tinha um pouco de dinheiro, porque – finalmente – tive sorte no hipódromo. Eram umas nove da noite. Eu estava bebendo no meu quarto alugado há algumas horas. Morrendo de tédio, saí e comecei a andar pela rua. Cheguei em um bar do outro lado da rua do meu bar de costume e por algum motivo entrei. Era muito mais limpo e sofisticado lá do que o meu bar de costume, e pensei, bem, talvez aqui vou ter a sorte de arranjar algum rabo de saia.

Sentei perto da entrada. Escolhi uma banqueta a alguns lugares de distância de uma moça. Ela estava sozinha e tinha quatro ou cinco pessoas, homens e mulheres, do outro lado do bar. O bartender estava conversando com eles e rindo. Devo ter ficado sentado por três ou quatro minutos. O bartender continuou conversando e rindo. Eu odiava aqueles babacas, eles bebiam o quanto queriam, ganhavam gorjeta, arranjavam um rabo de saia, ganhavam admiração, conseguiam tudo que queriam.

Peguei meu maço de cigarros. Dei batidinhas até sair um. Não tinha fósforo. Nenhum no balcão. Olhei para a mulher.

— Com licença, você tem fogo?

Irritada, ela enfiou a mão na bolsa. Puxou uma cartela de fósforos de lá e, sem olhar para mim, jogou no chão.

— Pode ficar — disse ela.

Ela tinha cabelos longos e um corpão. Usava um casaco de pele falsa e um chapeuzinho de pele. Eu a observei inclinar a cabeça para trás depois de puxar a fumaça. Ela exalou como se soubesse de alguma porra. São as desse tipo que dá vontade de bater com cinto.

O bartender continuou me ignorando.

Peguei um cinzeiro, levantei cerca de meio metro acima do balcão e deixei cair. Isso chamou a atenção dele. Ele veio na minha direção, pisando nas tábuas. Era grande, talvez um e noventa, uns cento e vinte quilos. Um pouco de gordura na barriga, mas ombros grandes, cabeça grande, mãos grandes. Era bonito de um jeito idiota, com uma mecha de cabelo caindo em um dos olhos.

— Cutty Sark duplo com gelo — pedi a ele.

— Ainda bem que você não quebrou o cinzeiro — disse ele.

— Ainda bem que você ouviu — respondi.

As tábuas rangeram e gemeram enquanto ele caminhava para preparar a bebida.

— Espero que ele não faça um "boa noite, Cinderela" pra mim — falei para a moça de roupa de pele falsa.

— Jimmy é legal — disse ela. — Jimmy não faz essas coisas.

— Nunca conheci um cara legal chamado "Jimmy" — falei.

Jimmy voltou com meu drinque. Peguei minha carteira e deixei uma nota de cinquenta no balcão. Jimmy pegou a nota, levantou contra a luz e disse:

— *Caramba!*

— Qual é o problema, rapaz? — perguntei. — Nunca viu uma nota de cinquenta antes?

Ele saiu caminhando sobre as tábuas. Tomei um gole de minha bebida. Era um duplo mesmo.

— O cara agiu como se nunca tivesse visto cinquenta dólares antes — falei para a moça de chapéu de pele. — Eu *só* ando com notas de cinquenta.

— Quanta merda — disse a mulher.

— Não tem merda, não — rebati. — Caguei tem uns vinte minutos.

— Grande coisa...

— Posso comprar qualquer coisa que você tiver pra vender.

— Nada está à venda — disse ela.

— Qual é o problema? Você pôs um cadeado aí? Se sim, não se preocupe, ninguém vai pedir a chave.

Tomei outro gole.

— Quer beber? — perguntei.

— Só bebo com gente de que gosto — disse ela.

— Agora é *você* que tá falando merda — devolvi.

*Cadê o bartender com meu troco?*, pensei. *Está demorando muito...*

Eu estava prestes a derrubar o cinzeiro de novo quando ele voltou, estalando a madeira com seus pés idiotas.

Ele pôs o troco no balcão. Olhei o troco enquanto o bartender se afastava.

— *Ei!* — gritei.

Ele voltou.

— O que é?

— Esse troco é pra dez. Eu te dei cinquenta.

— Você me deu dez...

Eu me virei para a garota.

— Olha, você viu, né? Eu dei cinquenta a ele!

— Você deu dez — afirmou ela.

— Que porra *é essa?* — perguntei.

Jimmy começou a se afastar.

— *Você não vai sair dessa assim!* — gritei.

Ele só continuou andando. Foi até a turma no outro canto do balcão, e todos voltaram a conversar e rir.

Fiquei lá sentado, pensando. A garota do meu lado soltou uma nuvem de fumaça pelo nariz, a cabeça inclinada para trás. Pensei em quebrar o espelho de trás do balcão. Já tinha feito isso em outro lugar. Mesmo assim, hesitei.

Será que eu estava perdendo o controle?

Aquele filho da puta me humilhou na frente de todo mundo.

A tranquilidade dele me preocupava mais do que o tamanho. Ele devia ter mais alguma vantagem. Uma arma embaixo do balcão? O bartender queria que eu fizesse o jogo dele. As testemunhas ficariam a favor dele...

Eu não sabia o que fazer. Tinha uma cabine telefônica perto da saída. Levantei, fui lá, entrei, coloquei uma moeda e disquei um número aleatoriamente. Ia fingir que estava ligando para meus amigos, que eles viriam acabar com o bar. Ouvi o número chamando do outro lado da linha. Parou. Uma mulher atendeu.

— Alô — disse ela.

— Sou eu — respondi.

— É você, Sam?

— Sim, sim, agora escute...

— Sam, uma coisa terrível aconteceu hoje! Estopinha foi atropelado!

— Wooly?

— Nosso *cachorro*, Sam! Wooly *morreu*!

— Me escuta! Tô no Red Eye! Sabe onde é? Ótimo! Pois traga Lefty, Larry, Tony e Big Angelo pra cá, *rápido*! Entendeu? E traga *Wooly* também!

Desliguei e fiquei lá. Pensei em ligar para a polícia. Eu sabia o que aconteceria se eu fizesse isso. Ficariam do lado do bartender. E eu ia acabar na sarjeta.

Saí da cabine telefônica e voltei para meu banco no balcão. Terminei minha bebida. Aí peguei o cinzeiro e deixei que caísse com força. O bartender olhou para mim. Fiquei em pé, ergui o braço e apontei o dedo para ele. Depois me virei e saí pela porta, e a risada dele e as risadas das outras pessoas me acompanharam...

Parei no depósito de bebidas, peguei duas garrafas de vinho e fui para o Hotel Helen, que ficava do outro lado da rua do bar onde eu estava. Eu tinha uma namorada lá, alcoólatra que nem eu. Ela era dez anos mais velha e trabalhava lá como camareira. Subi dois andares e bati na porta dela, esperando que estivesse sozinha.

— Querida — chamei —, estou com problemas. Me foderam...

A porta abriu. Betty estava sozinha e mais bêbada do que eu. Entrei e fechei a porta atrás de mim.

— Onde ficam seus copos?

Ela apontou para o lugar, e eu abri uma garrafa e servi nós dois. Ela se sentou na beira da cama e eu me sentei em uma cadeira. Passei a garrafa para ela. Betty acendeu um cigarro.

— Odeio esse lugar, Benny. Por que a gente não mora mais junto?

— Você começou a andar pela rua, meu bem, me deixou maluco.

— Ah, você sabe como eu sou.

— É...

Betty pegou o cigarro e distraidamente o apagou no lençol. Eu vi a fumaça começar a subir. Cheguei mais perto e levantei a mão dela. Tinha um prato na cômoda. Eu peguei e trouxe. Tinha uma comida seca dentro dele, parecia tamale. Coloquei o prato ao lado dela na cama.

— Pronto, aqui um cinzeiro...

— Você sabe que eu sinto saudade — disse ela.

Virei meu copo de vinho e servi mais.

— Olha, me deram troco errado pra cinquenta do outro lado da rua.

— Onde *você* arranjou cinquenta dólares?

— Não importa, eu arranjei. Aquele filho da puta me roubou...

— Por que você não deu uma surra ele? Tá com medo? É o Jimmy. As mulheres *amam* o cara! Toda noite, depois que o bar fecha, ele sai pro estacionamento e canta. Eles ficam lá escutando e depois uma delas vai pra casa com ele.

— Ele é um pedaço de merda...

— Ele jogava futebol americano na Notre Dame.

— Que porcaria é essa? Você curte esse cara?

— Eu não suporto ele.

— Que bom. Porque eu vou rasgar o saco dele.

— Acho que você tá com medo...

— Já me viu fugir de briga?

— Já vi você perder umas brigas.

Eu não respondi a esse comentário. Continuamos bebendo, e a conversa girou em torno de outras coisas. Não lembro muito o que falamos. Quando não estava pelas ruas, Betty era uma alma muito boa. Ela tinha bom senso, mas estava confusa, sabe. Alcoólatra mesmo. *Eu* conseguia parar por um ou dois dias. Ela nunca conseguia parar. Era triste. A gente conversava. Tínhamos uma compreensão que tornava mais fácil ficar perto um do outro. Aí deram duas da manhã. Betty disse:

— Venha aqui, olhe...

Fomos até a janela, e lá estava Jimmy, o bartender, no estacionamento. Estava cantando mesmo. Tinha três moças olhando. Houve muitas risadas.

*Deve ter muito a ver com minha nota de cinquenta dólares*, pensei.

Então uma das moças entrou no carro com ele. As outras duas foram embora. O carro parou por um momento. As luzes se acenderam, o motor deu partida, e ele foi embora.

Que amostrado, pensei. Eu só acendo minhas luzes *depois* de o motor ligar.

Olhei para Betty.

— Esse filho da puta acha mesmo que é o gostosão. Vou rasgar o saco dele.

— Você não tem coragem — declarou ela.

— Escuta — perguntei —, você ainda tem aquele taco de beisebol embaixo da cama?

— Sim, mas não posso me desfazer dele...

— Claro que pode — falei, passando uma nota de dez para ela.

— Ok. — Ela tirou o taco de debaixo da cama. — Espero que você consiga dar a rebatida, que seja um *home run*...

Na noite seguinte, às duas da manhã, eu estava esperando no estacionamento, encostado na lateral do bar, agachado atrás de umas latas grandes de lixo. Estava com o taco de beisebol da Betty, um antigo e especial de Jimmy Foxx*.

Não tive que esperar muito. O bartender saiu com as moças.

— Canta pra gente, Jimmy!

— Canta pra gente uma música *sua*!

* Jogador de beisebol dos Estados Unidos (1907-1967), considerado um dos maiores rebatedores de todos os tempos. [*N.E.*]

— Bom... tudo bem — disse ele.

Tirou a gravata, enfiou no bolso, abriu os primeiros botões da camisa e levantou a cabeça para a lua.

"Eu sou o homem que você está esperando...
eu sou o homem pra você amar...
eu sou o homem que vai te comer no chão...
eu sou o homem que vai te fazer pedir mais...
...e mais...
...e mais..."

As três moças aplaudiram, riram e se aglomeraram ao redor dele.

— Ai, Jimmy!

— Ai, *Jimmy*!

Jimmy deu um passo para trás e olhou para as moças. Elas esperaram. Finalmente ele disse:

— Beleza, hoje à noite é... Caroline...

Ao escutar o veredito, as outras moças, parecendo arrasadas, abaixaram a cabeça de maneira obediente e saíram juntas do estacionamento, andando devagar, virando-se para sorrir e acenar para Jimmy e Caroline quando chegaram na avenida.

Caroline ficou ali, meio bêbada, balançando de salto alto. Ela tinha um corpo bonito, cabelos longos. Parecia familiar, por algum motivo.

— Você é um homem de verdade, Jimmy — disse ela. — Eu te amo.

— Que besteira, vagabunda, você só quer chupar meu pau.

— É, *isso* também, Jimmy!

Caroline riu.

— Você vai chupar meu pau agora mesmo — ordenou Jimmy.

De repente, ele soava malvado.

— Não, espera... Jimmy, assim é *rápido* demais.

— Você diz que me ama, então me *chupa*.

— Não, espera...

Jimmy estava bem bêbado. Ele tinha que estar para agir assim. Não tinha muita luz naquele estacionamento, mas também não estava tão escuro. Tinha uns caras que eram malucos. Gostavam de fazer aquilo em situações públicas.

— Você vai me chupar agora, vagabunda...

Jimmy abriu o zíper, segurou a moça pelos longos cabelos e forçou a cabeça dela para baixo. Pensei que ela ia fazer aquilo. Ela pareceu ceder.

Aí Jimmy gritou. *Gritou*.

Ela tinha mordido o cara. Ele a puxou pelos cabelos e bateu nela, punho fechado bem no rosto. Depois ele bateu com um joelho entre as pernas da mulher e ela caiu, completamente imóvel.

*Ela desmaiou*, pensei. Talvez eu a arraste ela para atrás daquelas latas e coma ela depois que ele for embora.

O filho da mãe me assustou. Decidi não sair de trás das latas de lixo. Segurei o taco Jimmy Foxx e esperei que ele fosse embora.

Observei ele fechar o zíper e caminhar com cuidado até o carro. Ele abriu a porta, entrou e ficou ali sentado por um tempo. Depois as luzes se acenderam, e o motor começou a funcionar.

Ele ficou lá sentado, acelerando o motor.

Então vi Jimmy sair do carro. O motor ainda estava funcionando. As luzes estavam acesas. Ele caminhou até a frente do carro.

— Ei! — disse ele, bem alto. — Quem tá aí? Tô vendo... você... — Ele começou a vir na minha direção. — Tô vendo... você... quem é... o filho da mãe... se escondendo atrás do lixo? Tô vendo... você... sai daí!

Ele veio na minha direção. A lua atrás das costas de Jimmy fazia o bartender parecer uma criatura esquecida por Deus, saída diretamente de um filme de terror de baixo orçamento.

— Seu inseto de merda! — gritou ele. — Vou pisar em você, porra!

Ele veio até mim. Fui pego atrás das latas de lixo. Eu me levantei e desci o taco Jimmy Foxx. Acertei bem no alto da cabeça dele.

Ele não caiu. Só ficou olhando para mim. Acertei o cara de novo. Parecia um filme de comédia antigo em preto e branco. Ele continuou lá e fez uma careta feia para mim.

Saí de trás das latas de lixo e comecei a me afastar. Ele veio atrás.

Eu me virei.

— Me deixa em paz — falei. — Vamos esquecer isso.

— Eu vou matar você, seu merda! — disse ele.

Aquelas duas mãos enormes vieram na direção do meu pescoço. Eu me abaixei e bati com o taco em um dos joelhos dele. Houve um barulho parecido com um tiro, e ele caiu no chão.

— Vamos esquecer isso — falei. — Vamos deixar pra lá.

Ele estava de joelhos, rastejando atrás de mim.

— Eu vou te matar, seu merda!

Acertei a madeira na nuca dele com toda a força que tinha. Ele estava esticado ao lado de sua amiga inconsciente. Olhei para ela, Caroline. Era a da pele falsa. Decidi que não queria nada, no fim das contas.

Corri até o carro do bartender, apaguei as luzes, desliguei o motor, tirei as chaves e joguei no telhado do prédio. Depois corri de volta até os corpos e peguei a carteira de Jimmy.

Saí correndo do estacionamento, caminhei alguns metros e disse:

— Merda!

Dei meia-volta e corri até o estacionamento e as latas de lixo. Eu tinha deixado meu uísque lá. Uma garrafa num saco de papel. Consegui pegar.

Fui de novo até a esquina, atravessei a rua, achei uma caixa de correio, olhei em volta. Ninguém. Tirei as cédulas da carteira e depois enfiei na caixa. Em seguida, caminhei até chegar ao Hotel Helen. Entrei, subi a escada, bati na porta.

— *Betty, é o Benny! Pelo amor de Deus, abre a porta!*

A porta se abriu.

— Porra... o que é isso? — perguntou ela.

— Eu tenho um pouco de uísque.

Entrei, coloquei o pega-ladrão na porta. Ela estava com as luzes acesas. Marchei pelo quarto apagando todas. Ficou tudo escuro.

— Qual é o problema — perguntou ela —, tá maluco?

Encontrei os copos e, com as mãos tremendo, servi um para cada.

Levei Betty até a janela. Os carros da polícia já estavam lá, as luzes piscando.

— Que porra foi que aconteceu? — perguntou ela.

— Um cara rasgou o saco do Jimmy — falei.

Dava para ouvir a ambulância vindo. Logo chegou ao estacionamento. Pegaram a moça primeiro. Depois pegaram Jimmy.

— Quem acabou com ela? — perguntou Betty.

— Jimmy...

— Quem acabou com Jimmy?

— E isso importa, porra?

Coloquei minha bebida no parapeito da janela e enfiei a mão no bolso. Contei as cédulas. Quatrocentos e oitenta dólares.

— Aqui, meu bem...

Dei cinquenta a ela.

— Meu deus, obrigada, Benny!

— Não é nada...

— Esses cavalos devem estar dando resultado bom mesmo!

— Melhor que nunca, meu bem...

— Um brinde! — disse ela, levantando o copo.

— Um brinde — falei, levantando o meu.

Batemos os copos e então bebemos enquanto a ambulância dava ré e virava, com a sirene ligada.

Só não era nossa vez ainda.

# enrolando marie

Era uma noite quente nas corridas de quarto de milha. Ted tinha chegado com duzentos dólares, e agora, indo para a terceira corrida, já estava com quinhentos e trinta. Ele conhecia os cavalos. Talvez não fosse muito bom em mais nada, mas conhecia os cavalos. Ted ficou observando o placar e olhando as pessoas. Elas não tinham capacidade nenhuma de avaliar um cavalo. Mas ainda assim traziam dinheiro e sonhos para o hipódromo. O hipódromo oferecia uma exata* de dois dólares em quase todas as corridas para atraí-las. Isso e o Pick-6**. Ted nunca pegava o Pick-6, nem as exatas nem as duplas. Só apostava na vitória direta no melhor cavalo, que não era necessariamente o favorito da vez.

Marie reclamava tanto por ele frequentar o hipódromo que ele só ia duas ou três vezes por semana. Tinha vendido a empresa e se aposentado mais cedo do ramo de construção. Realmente não restava mais muito para ele fazer.

---

* "Exata" é uma aposta em que o primeiro e o segundo lugares precisam ser escolhidos da maneira certa.. [*N.E.*]

** O Pick-6 ("Escolha Seis"), como o nome sugere, é um tipo de aposta que envolve escolher corretamente os vencedores de seis corridas consecutivas. [*N.E.*]

Os quatro cavalos pareciam bons em seis para um, mas ainda faltavam dezoito minutos para o final. Ele sentiu alguém puxar a manga de seu casaco.

— Perdão, senhor, mas perdi as duas primeiras corridas. Vi o senhor compensando seus bilhetes. O senhor parece ser um cara que sabe o que está fazendo. Qual seu preferido na próxima corrida?

O cabelo era um loiro acobreado, devia ter uns vinte e quatro anos, quadris esbeltos, seios surpreendentemente grandes; pernas compridas, um narizinho empinado, boquinha de flor; de vestido azul-claro e sapatos brancos de salto. Os olhos azuis se voltaram para ele.

— Bom — Ted sorriu para a garota —, geralmente meu preferido é o vencedor.

— Estou acostumada a apostar em puros-sangues — disse a moça. — Essas corridas de quarto de milha são tão *rápidas*!

— É. A maioria delas termina em menos de dezoito segundos. É muito rápido para descobrir se você está certo ou errado.

— Se minha mãe soubesse que estou aqui perdendo dinheiro, ela me daria uma surra de cinto.

— Eu mesmo gostaria de dar uma surra de cinto em você — disse Ted.

— Você não é desses, né? — perguntou ela.

— Tô só brincando — respondeu Ted. — Vem, vamos ao bar. Talvez possamos escolher um vencedor para você.

— Certo, senhor...?

— Pode me chamar de Ted. Qual o seu nome?

— Victoria.

Entraram no bar.

— O que você vai querer? — indagou Ted.

— O que você pedir — devolveu Victoria.

Ted pediu dois Jack Daniel's. Ele virou o dele. Ela bebia aos pouquinhos, olhando para a frente. Ted observou a bunda dela: perfeita. Ela era melhor que uma estrela de cinema qualquer e não parecia mimada.

— Vamos lá — disse Ted, apontando para o catálogo —, na próxima corrida o cavalo quatro parece o melhor, e estão dando chances de seis para um...

De um jeito muito sexy, Victoria disse:

— Ah, é...?

Ela se inclinou para olhar o catálogo de Ted, encostando o braço nele. Depois Ted sentiu a perna da garota pressionar a dele.

— As pessoas não sabem como avaliar um cavalo — disse ele. — Se você me mostrar um homem que sabe avaliar um cavalo, eu te mostro um homem que pode ganhar tanto dinheiro quanto consiga carregar.

Ela sorriu.

— Queria ter o que você tem.

— Você já tem bastante, meu bem. Quer outro drinque?

— Ah, não, obrigada...

— Então, escute — disse Ted —, é melhor a gente ir apostar.

— Certo, vou apostar dois dólares na vitória. Qual é mesmo, é o cavalo número quatro?

— Isso, querida, o número quatro...

Fizeram as apostas e saíram para assistir à corrida. O número quatro não começou bem, tomou empurrões dos dois lados, se endireitou e estava em quinto lugar dentre nove cavalos, mas depois começou a acelerar e a disputar a liderança com um dos dois favoritos. Foto.

*Caramba,* pensou *Ted,* preciso *ganhar essa. Por favor, deixa só eu ganhar* essa*!*

— Ah — disse Victoria —, tô tão *animada*!

O quadro mostrou o número. *Quatro*.

Victoria gritou e pulou de alegria.

— Vencemos, vencemos, *vencemos!*

Ela agarrou Ted, e ele sentiu um beijo na bochecha.

— Calma, querida, o melhor cavalo ganhou, foi só isso.

Esperaram pelo sinal oficial, e então o quadro mostrou a recompensa. Quatorze dólares e sessenta centavos.

— Quanto você apostou? — perguntou Victoria.

— Quarenta na vitória — disse Ted.

— Quanto você recebe?

— Duzentos e noventa e dois. Vamos pegar.

Caminharam em direção às janelas. Então Ted sentiu a mão de Victoria na sua. Ela o fez parar.

— Se abaixa um pouco — pediu ela —, quero sussurrar uma coisa em seu ouvido.

Ted se abaixou e sentiu os lábios rosados e frescos dela na orelha.

— Você é um... homem mágico... Eu quero... dar pra você...

Ted ficou ali parado, sorrindo de leve para a garota.

— Meu deus — disse.

— Qual é o problema? Tá com medo?

— Não, não, não é isso...

— Qual é o problema, então?

— É Marie... minha esposa... sou casado... e ela me cronometra, sabe meus tempos exatos. Já sabe quando as corridas acabam e quando devo chegar em casa.

Victoria riu e anunciou:

— Então vamos embora *agora*! Vamos pra um motel!

— Ah, claro — disse Ted.

* * *

Eles compensaram os pule e foram até o estacionamento.

— Vamos no meu carro. Eu te trago de volta quando terminarmos — disse Victoria.

Acharam o carro de Victoria, um Fiat azul 1982, combinava com o vestido dela. A placa dizia: VICKY. Ao colocar a chave na porta, Victoria hesitou.

— Você não é daquele tipo mesmo, né?

— Que tipo? — perguntou Ted.

— Que gosta de bater com cinto, desse tipo. Minha mãe teve uma experiência horrível uma vez...

— Relaxa — disse Ted. — Sou inofensivo.

Encontraram um motel a cerca de um quilômetro e meio da pista. Lua Azul. Mas o Lua Azul era pintado de verde. Victoria estacionou, e eles desceram, entraram, fizeram o cadastro e receberam o quarto 302. Tinham parado para comprar uma garrafa de Cutty Sark no caminho.

Ted tirou o celofane dos copos, acendeu um cigarro e serviu os dois enquanto Victoria tirava a roupa. A calcinha e o sutiã eram cor-de-rosa, e o corpo era rosa, branco e lindo. Era incrível como de vez em quando era feita uma mulher daquelas, sendo que todas as outras, a maioria das outras, não tinham nada, ou quase nada. Era enlouquecedor. Victoria era um sonho lindo e enlouquecedor.

E estava nua. Ela se aproximou e se sentou na beira da cama ao lado de Ted. Cruzou as pernas. Os seios eram muito firmes, e ela parecia já estar excitada. Ele não conseguia acreditar na própria sorte. Então ela riu.

— O que foi? — perguntou Ted.

— Tá pensando na sua esposa?

— Ah, não, estava pensando em outra coisa.

— Bom, você *deveria* pensar na sua esposa...

— Inferno — disse Ted —, foi *você* quem sugeriu trepar!

— Eu gostaria que você não usasse essa palavra...

— Você tá desistindo?

— Bom, não. Olha, você tem um cigarro?

— Claro...

Ted puxou um, entregou para Victoria e acendeu enquanto ela o segurava na boca.

— Você tem o corpo mais lindo que já vi — elogiou Ted.

— Não duvido disso — disse ela, sorrindo.

— Ei, você tá desistindo desse negócio? — perguntou ele.

— Claro que não — respondeu ela —, tira a roupa.

Ted começou a tirar a roupa, se sentindo gordo, velho e feio, mas também sortudo – tinha sido seu melhor dia no hipódromo, em muitos sentidos. Ele colocou as roupas em uma cadeira e se sentou ao lado de Victoria.

Ted serviu mais um drinque para cada.

— Sabe — disse ele —, você é classuda, mas eu também sou classudo. Cada um tem sua própria maneira de mostrar isso. Fiz sucesso no ramo de construção e continuo fazendo sucesso com os cavalos. Nem todo mundo tem esse instinto.

Victoria bebeu metade de seu Cutty Sark e sorriu para ele.

— Ah, você é meu Buda gordo!

Ted virou a bebida.

— Olha, se você não quiser, a gente não faz. Deixa pra lá.

— Me deixa ver o que o Buda tem aqui...

Victoria se abaixou e deslizou a mão entre as pernas dele. Ela encontrou e segurou.

— Ah, ah... tô sentindo uma coisa... — disse Victoria.

— Claro... E aí?

Ela abaixou a cabeça. Primeiro deu um beijo. Depois ele sentiu a boca aberta e a língua de Victoria.

— Sua *puta*! — disse ele.

Victoria levantou a cabeça e olhou para ele.

— *Por favor*, não gosto de falar sacanagem.

— Beleza, Vicky, tudo bem. Sem sacanagem.

— Vai pra debaixo dos lençóis, Buda!

Ted foi. E sentiu o corpo de Victoria perto dele. A pele dela estava fria, e a boca, aberta, e ele a beijou e enfiou a língua lá dentro. Ele gostava assim, coisa fresca, o frescor da primavera, jovem, novo, bom. Que delícia do caralho. Ia partir ela no meio! Ele mexeu nela lá embaixo, e ela demorou muito para entrar no clima. Então ele sentiu uma abertura e forçou o dedo para dentro. Tinha pegado a vagabunda. Tirou o dedo e esfregou o clitóris. *Se quer preliminar, vai ter preliminar!*, pensou.

Ted sentiu Victoria cravar os dentes no lábio inferior dele, uma dor terrível. Ele se afastou, sentindo o gosto do sangue e a ferida no lábio. Ergueu o corpo e deu um tapa forte na lateral do rosto de Victoria, depois bateu com as costas da mão no outro lado. Encontrou ela lá embaixo, deslizou para dentro e meteu enquanto colocava a boca de volta na dela. Continuou metendo de maneira selvagem, se vingando, às vezes jogava a cabeça para trás, olhava para ela. Tentou se conter, durar mais, mas viu aquela nuvem de cabelo acobreado espalhada pelo travesseiro à luz do luar.

Ted estava suando e gemendo que nem um menino do ensino médio. Era aquilo. Nirvana. O lugar certo para se estar. Victoria estava em silêncio. Os gemidos de Ted diminuíram e depois de um momento ele rolou para o lado.

Ele encarou a escuridão.

*Esqueci de chupar os peitos dela*, pensou ele.

Então ouviu a voz dela.

— Sabe de uma coisa? — perguntou Victoria.

— O quê?

— Você me lembra os cavalos de quarto de milha.

— Como assim?

— Tudo acaba em dezoito segundos.

— Vamos correr outra vez, querida... — disse ele.

Ela foi ao banheiro. Ted se limpou no lençol, como um velho profissional. Victoria era meio desagradável, de certa forma. Mas dava para lidar com ela. Ted era bem de vida. Quantos homens tinham casa própria e cento e cinquenta mil no banco na idade dele? Ele era classudo e ela sabia muito bem disso.

Victoria saiu do banheiro ainda parecendo fresca, intocada, quase virginal. Ted acendeu o abajur. Ele se sentou e serviu mais dois drinques. Ela se sentou na beira da cama com a bebida, e ele foi ficar ao lado dela.

— Victoria — disse ele —, posso tornar as coisas boas para você.

— Acho que você tem condições pra isso, Buda.

— E vou ser um amante melhor.

— Claro.

— Olha, você tinha que ter me conhecido quando eu era jovem. Era bruto, mas era bom. Eu tinha potencial. Ainda tenho.

Ela sorriu para Ted.

— Que isso, Buda, não é tão ruim assim. Você tem esposa, tem muita coisa.

— Só não tenho uma coisa — disse ele, virando a bebida e olhando para ela. — A única coisa que eu quero...

— Olha sua *boca*! Você tá sangrando!

Ted olhou para o copo. Havia gotas de sangue na bebida, e ele sentiu sangue no queixo. Limpou o queixo com as costas da mão.

— Vou tomar banho e me limpar, amor, volto já.

Ele entrou no banheiro, abriu a porta do box e foi abrindo o chuveiro, testando a temperatura com a mão. Quando parecia certa, entrou. A água escorreu pelo corpo dele. Dava para ver o sangue na água seguindo para o ralo. Que gata selvagem. Ela só precisava de um pulso firme.

Marie era boa, gentil. Meio chata, na verdade. Tinha perdido a intensidade da juventude. Não era culpa dela. Talvez ele pudesse encontrar um jeito de continuar com Marie e manter Victoria mesmo assim. Victoria renovava sua juventude. E ele estava precisando pra caralho de uma renovação. E precisava trepar bem daquele jeito de novo. Claro, mulheres eram todas loucas, exigiam demais. Não entendiam que ter sucesso não era uma experiência gloriosa, só necessária.

— Vai logo, Buda! — Ele a escutou dizer. — Não me deixe sozinha aqui!

— Não vou demorar, amor! — gritou ele, debaixo do chuveiro.

Ele se ensaboou bem, lavou tudo.

Então Ted saiu do box, se enxugou, abriu a porta do banheiro e entrou no quarto.

O quarto do motel estava vazio. Ela tinha sumido.

Havia uma distância notável entre objetos comuns e acontecimentos. De uma vez só, viu as paredes, o tapete, a cama, duas cadeiras, a mesinha de centro, a cômoda e o cinzeiro com os cigarros deles. A distância entre essas coisas era imensa. O antes e o agora estavam a anos-luz de distância.

Num impulso, correu até o armário e abriu a porta. Só cabides vazios.

Aí Ted percebeu que as roupas dele tinham sumido. Cueca, camisa, calça, chave do carro, carteira, dinheiro, sapatos, meias, tudo.

Num outro impulso, olhou debaixo da cama. Nada.

Aí Ted notou a garrafa de Cutty Sark meio cheia em cima da cômoda e foi até ela. Serviu um drinque para si. Foi aí que viu duas palavras rabiscadas no espelho da cômoda com batom rosa: ADEUS, BUDA!

Ted virou a bebida, largou o copo e se olhou no espelho – muito gordo, muito velho. Não tinha ideia do que fazer agora.

Pegou o Cutty Sark e trouxe para a cama, e se sentou pesadamente na beira do colchão onde ele e Victoria tinham sentado juntos. Ergueu a garrafa e bebeu enquanto as brilhantes luzes de neon da avenida atravessavam as persianas empoeiradas.

Ficou ali, olhando para fora, sem se mexer, observando os carros passando de um lado para o outro.

# Nota da tradutora

Conheci a obra de Bukowski na adolescência — a poesia dele, especificamente. Lembro-me de quando me deparei com *Air and light and time and space*. Ler aquele poema tocou fundo, na coisa mesma de ser jovem e não ter dinheiro, tempo, condições ideais para criar. Na época, eu não tinha reservas com o dono daquela voz poética — as nuances que me afastariam do autor, os conteúdos específicos de outras obras e a realidade de sua vida pessoal só chegariam a mim tempos depois. Talvez por isso mesmo é que me tocou daquele jeito: senti que estava falando comigo. Hoje, sinto (ou sei) que não.

De uma maneira diferente do poema que me introduziu ao autor, *A sinfonia do vagabundo* também retorce por dentro. É cacofônica e ruidosa. Como informa também o título original da antologia, *Hot Water Music*, é barulho que vem da encrenca, do problema, do caos. Durante a tradução desta obra, aquela relação prévia latente, de aproximação e distanciamento, se fez presente. Quando, em um dos primeiros contos, Chinaski aparece angustiado com a própria vida, me aproximo; quando assedia a editora que talvez o publicasse, me afasto; então, fala da saga com um pagamento atrasado e me aproximo de novo. Esse movimento não é exclusivo ao campo da palavra, é do corpo. Eu sou e não sou como ele. E é ele mesmo quem me conta. Depois repete, repete e repete. E se repetem as sensações no corpo. Como o autor, também escrevo com o estômago. E, por vezes, a barriga vazia ronca em solidariedade àquela ali do lado; outras vezes, embrulha.

Essas sensações me acompanharam na construção do que talvez seja uma das coisas mais profundas da natureza do trabalho de tradução: a relação que é necessário estabelecer com a voz da outra pessoa, a pessoa traduzida. Nesse sentido, minhas decisões aqui partiram de alguns movimentos e caminhos de perspectiva: como vestir a voz de Bukowski por cima da minha (ou a minha por cima da dele) e manejar o tom e timbre que sairiam dali; como respeitar as escolhas do autor e como traí-las; como pôr em prática meus métodos e estratégias de tradução sem, no processo, inventar um Bukowski que não existia. O resultado desse movimento pendular ficou *mais pra lá do que pra cá*; ou, pelo menos, essa foi a tentativa. No fim, busquei e decidi deixar que o autor e sua voz se mostrassem; que se revelassem como eram e como são sob minhas lentes de hoje. Espero que a pessoa leitora também tenha encontrado caminhos próprios ao percorrer esta obra.

*Bruna Barros é multiartista e tradutora.*

# Bukowski em tempos de cancelamento

Estes não são tempos fáceis para a literatura de Bukowski. O tribunal da internet já demonstrou do que é capaz contra quem ousa bater de frente com o chamado "politicamente correto". Aliás, o termo "politicamente correto", escrito entre aspas, pode, de modo enganoso, dar a entender que quem o emprega de tal maneira deve discordar de seu conteúdo, e que, portanto, merece ser cancelado. Por isso, adianto que as aspas não se aplicam a esse caso, ou melhor, não de fato.

Para quem não está familiarizado com o termo, "cancelamento" é a prática de anular a existência virtual de um indivíduo por meio da força das opiniões morais de um grupo que age a partir do comportamento de bando. Se o indivíduo se assume em posição desviante em relação aos princípios morais de tal grupo, ele será rotulado, xingado, lacrado, linchado e, por fim, excluído da convivência social virtual. A complicação em criticar essa operação conjunta do tribunal da internet é que muitas das vezes – talvez na maioria delas – o cancelamento ocorre de forma mais ou menos bem fundamentada, servindo para expor, em geral, homens héteros brancos elitistas e machistas que agem de maneira abusiva em relação a quaisquer uma das minorias. Enquadrando-se em boa parte dessas categorias, a literatura de Bukowski foi colocada no mesmo saco daquele que ele mais desprezou: o homem branco burguês. E é sobre esse ponto que propomos a seguinte questão: em que o cancelamento de Bukowski se justifica?

Quando, há pouco mais de dez anos, interessado em estudar o autor, comecei a escrever minha dissertação de mestrado, o mundo dos smartphones e das redes sociais em tempo real estava apenas engatinhando. As redes sociais, então um inocente bebê gordinho de olhos redondos, não haviam se consolidado como o púlpito dos extremos que são hoje. No ringue virtual e sanguinário da insanidade política que se tornou o mundo em que vivemos, as redes sociais, de um lado, abrigam e ocultam os rostos dos que alimentam o esgoto massificado e elitista do pensamento da extrema direita – discurso de ódio, como se sabe, destinado à violência contra as minorias sociais em prol da glorificação das minorias financeiras. Do outro lado, à extrema esquerda, há o discurso identitário: uma suposta autoridade moral (auto) conferida aos que, na condição de minorias, sofrem o peso da violência social. E, embora o discurso identitário não implique em violências de ordem concreta contra corpos e direitos (como ocorre no caso da extrema direita), ele acaba por deslizar para essa forma de violência mais sutil ligada à linguagem e, em última instância, à prática do cancelamento.

É desse lado do ringue, por exemplo, que decorre o conceito, a meu ver, problemático e um tanto quanto autoritário, do "lugar de fala" (essas aspas emprego com o sentido literal da discordância), segundo o qual (até onde consigo entender o conceito e as consequências dele) um homem branco, hetero, classe média não tem condições de saber o que é a violência sofrida por uma pessoa gay, negra, pobre, pelo fato que de que o homem branco hétero classe média não *nasceu* uma pessoa gay negra pobre. Se digo que tal conceito é, *em certa medida*, autoritário (protegendo minha própria cabeça com os antebraços contra as pedras virtuais que voam sobre ela) é que, penso, ele carece de um dos principais — senão do principal — atributos da arte literária, ou seja, que o conceito de "lugar de fala" ignora a possibilidade da *empatia*. Quanto a mim, que me encontro em tal lugar de privilégio, eu posso *ler* a respeito das minorias, mas jamais poderia *entender* o que é ser uma minoria, pelo "simples" (não tão simples assim) fato de não ter passado pelas experiências que elas passaram. A isso, ofereço essa humilde e cancelada réplica: *ler* também não *é* uma forma de *experiência*? E, não sendo, em caso da absoluta negativa, então todas as rotas para a empatia estão fechadas? Triste fim para o qual caminhamos.

Mas eu dizia que há mais de dez anos eu pude escrever sobre Bukowski, com relativo apoio da universidade, tentando esclarecer e aprofundar alguns pontos de sua escrita que eu julgava mal lidos por seus leitores. Hoje em dia, penso, meu projeto não teria a menor chance de ter prosperado. Os tempos mudaram, e não sem razão. A intolerância cresce pelos dois lados, à tendência reforçada pela linguagem imagética da internet em reduzir o outro a uma categoria ou estereótipo. Por sua vez, Bukowski não poupa qualquer um dos campos políticos, lembrando-nos que, em grande medida, cada um deles é constituído pelo mesmo material humano, ou pela falta dele. Em uma das histórias que aparece neste livro, "Você já leu Pirandello?", Henry Chinaski é abordado pela pergunta: "Você é preconceituoso?", ao que ele responde, sem titubear: "Todo mundo é".

A direita, a esquerda, as pessoas se comunicam por meio de memes, as menores unidades de informação com significado. O mundo então ficou maior com a internet? O mundo está ficando menor, pequeno, raso, de tão superficial. A destruição da linguagem é o caminho aberto para o autoritarismo. Memes são úteis por força de sua capacidade sintética e viral. Mas, se eles são usados como forma de anular as singularidades e comprometendo nossa capacidade de interpretação das referências, nesse caso todos nós estamos diante de um problema. Bukowski é aqui o mais bonito dos patinhos feios: pobre demais para ser de direita, hetero demais para ser de esquerda. Em meio a essa falta de lugar, a literatura dele encontrou acolhida em um grupo que ele mesmo, penso, teria abominado com toda a potência de seu fígado. Eles o acolheram, eles o alimentaram, eles o mantiveram vivo até hoje: estamos falando, é claro, dos *esquerdomachos*.

**Bukowski é machista?**

Grosseiramente, a resposta à pergunta deve ser positiva. Bukowski é machista, dada a completa ausência de protagonistas femininas em sua obra e à forma superficial e, em certo sentido, objetificada com que seus heróis abordam as mulheres nas narrativas, que aparecem como criaturas emocionalmente instáveis, suscetíveis, ingênuas e superficiais. Por outro lado, se aprofundarmos o olhar para um pouco além da superfície, percebemos que, em sua obra, *absolutamente ninguém é poupado*: a espécie humana, como um todo, é apresentada como um fenomenal *erro da natureza*, um aborto que deveria ter sido e que não foi. Segundo a visão do autor, a gloriosa humanidade é constituída de cabo a rabo por indivíduos toscos, mesquinhos, preguiçosos e, em sua maioria (exceto o protagonista das histórias), burros. "Merda" — ele escreve em "Menos delicado que gafanhotos" — "tudo caga até morrer", de tal forma que, segundo essas linhas mestras, seria mais adequado enquadrar o autor como sendo um misantropo, e não necessariamente um machista.

Em contraposição à afirmação de Bukowski na condição de machista, lançamos a seguinte pergunta em tom de provocação, de antemão acolhendo toda a fúria do cancelamento que possa dela advir: afinal, Bukowski nos ensina o que é ser homem? A questão é pertinente, a considerar a ânsia com que muitos garotos, movidos pelo desprezo juvenil à figura paterna e pela carência de bons referenciais masculinos, se voltam a essa literatura com a sede quase existencial por encontrar uma resposta para o questionamento que se fazem em relação à própria sexualidade. Infelizmente, conforme profetizou o autor, a maioria desses garotos, atraídos a essa literatura mais por impulso do que por inteligência, terminam por mimetizar o escritor em seus hábitos nefastos, abraçando o comportamento alcóolatra autodestrutivo como forma de afirmação, quase romântica, de uma rebeldia antiburguesa e de uma suposta resiliência masculina ao sofrimento.

Mas voltemos à pergunta: Bukowski ensina o que é ser homem?

Tire de um homem o poder, tire dele o dinheiro, tire dele o orgulho, o status, a fama, o comportamento galanteador, tire dele a beleza associada a um padrão físico específico. O que é que sobra a esse sujeito? Nada? A quase totalidade dos *homens* que habitam este planeta concordariam que sim, que, sem essas coisas, eles são *nada*. Mas a literatura de Bukowski se oferece como um resto, uma fagulha que dá sobrevida e vida, que faz lutar os que resistem. Essa fagulha, no caso dele, é a *escrita*. Mas a escrita é, para ele, nada mais, nada menos, que o motivo de uma *obsessão*: algo precioso e irredutível, algo a que ele se agarra, como o arquétipo do herói Ulisses, segurando em suas tábuas em alto mar em seu retorno à Ítaca — algo que ninguém, seres humanos ou deuses, por força alguma, jamais poderiam lhe tirar. Segundo Bukowski, o masculino seria isso: uma obsessão, a boa e velha e heroica obsessão. E todos os homens que possuem uma obsessão estão condenados e salvos ao mesmo tempo, ao contrário de todos os demais, que apenas estão condenados.

*Luís Fernando Balby é professor e estudante da literatura, é autor da dissertação de mestrado 'O trágico em Charles Bukowski'.*

Este livro foi impresso pela Lisgrafica, em 2024,
para a HarperCollins Brasil. O papel do miolo é
pólen natural $80g/m^2$, e o da capa é cartão $250g/m^2$.